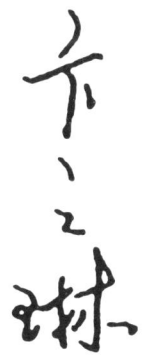

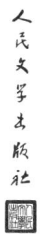

你站在桥上看风景

卞之琳 著

人民文学出版社

图书在版编目（CIP）数据

你站在桥上看风景/卞之琳著．—北京：人民文学出版社，2022
（雅读）
ISBN 978-7-02-012250-9

Ⅰ．①你… Ⅱ．①卞… Ⅲ．①中国文学—现代文学—作品综合集 Ⅳ．①I216.2

中国版本图书馆CIP数据核字（2021）第237177号

责任编辑　郭　娟
装帧设计　刘　远
责任印制　任　祎

出版发行　人民文学出版社
社　　址　北京市朝内大街166号
邮政编码　100705

印　　刷　天津千鹤文化传播有限公司
经　　销　全国新华书店等

字　　数　160千字
开　　本　787毫米×1092毫米　1/32
印　　张　10.125　插页2
印　　数　1—6000
版　　次　2022年1月北京第1版
印　　次　2022年1月第1次印刷

书　　号　978-7-02-012250-9
定　　价　40.00元

如有印装质量问题，请与本社图书销售中心调换。电话：010-65233595

目 录

诗 歌

3　夜心里的街心（记梦）

5　影子

7　入梦

9　归

10　水成岩

12　距离的组织

14　尺八

16　圆宝盒

18　断章

19　音尘

21　鱼化石

22　半岛

23 无题（一至五）

28 淘气

30 白螺壳

33 灯虫

35 实行空室清野的农民

37 给《论持久战》的著者

散 文

41 译阿左林小品之夜

43 尺八夜

53 成长

62 地图在动

65 垣曲风光

72 巧笑记：说礼

88 惊弦记：论乐

95 徐志摩诗重读志感

106 何其芳与《工作》

115 《冯文炳选集》序

134　窗子内外：忆林徽因

142　合璧记趣

144　冼星海纪念附骥小识

149　题王奉梅演唱《题曲》

155　还是且讲一点他：追念沈从文

161　赤子心与自我戏剧化：追念叶公超

179　人事固多乖：纪念梁宗岱

198　人尚性灵，诗通神韵：追忆周煦良

215　徐志摩的"八宝箱"：一笔糊涂账

223　毕竟是文章误我，我误文章

229　从《西窗集》到《西窗小书》

241　离合记缘

244　三座门大街十四号琐忆

小说

251　山山水水（片断）

诗歌

夜心里的街心（记梦）

他一个人彷徨

在夜心里的街心

街心对他轻轻的讲：

"我最恨

轻狂的汽车轮

一抽

便给了我两条伤痕；

"我最爱

耐苦的骆驼

一抚

便留下大花儿几朵。

"可是你,
你在夜心里
乱迈什么步,
没轻没重的,
没来由
踏碎了我的梦。"
他半句话也没有。

一片白沙
轻轻的扬起——
倒代替他
叹了一口长气。

(一口长气啊
吹掉了他的梦。)

1930年10月27日早上

影　子

一秋天，唉，我常常觉得
身边像丢了件什么东西，
使我更寂寞了：是个影子，
是的，丢在那江南的田野中，
虽是瘦长点，你知道，那就是
老跟着你在斜阳下徘徊的。

现在寒夜了，炉边的墙上
有个影子陪着我发呆：
也沉默，也低头，到底是知己呵！
虽是神情恍惚些，我以为，
这是你暗里打发来的，远迢迢，

远迢迢的到这古城里来的。

我也想送个影子给你呢,
奈早已不清楚了:你是在哪儿。

1930 年

入 梦

设想你自己在小病中

（在秋天的下午）

望着玻璃窗片上

灰灰的天与疏疏的树影

枕着一个远去了的人

留下来的旧枕，

想着枕上依稀认得清的

淡淡的湖山

仿佛旧主的旧梦的遗痕，

仿佛风流云散的

旧友的渺茫的行踪，

仿佛往事在褪色的素笺上

正如历史的陈迹在灯下

老人面前昏黄的古书中……

你不会迷失吗

在梦中的烟水?

     11月12日（1933年）

归

像观察繁星的天文家离开了望远镜,
热闹中出来听见了自己的足音。
莫非在外层而且脱出了轨道?
伸向黄昏的道路像一段灰心。

1935年1月

水 成 岩

水边人想在岩上刻几行字迹:

大孩子见小孩子可爱,
问母亲"我从前也是这样吗?"

母亲想起了自己发黄的照片
堆在尘封的旧桌子抽屉里,

想起了一架的瑰艳
藏在窗前干瘪的扁豆荚里,

叹一声"悲哀的种子!"

"水哉,水哉!"沉思人叹息
古代人的感情像流水,
积下了层叠的悲哀。

10月(1934年)

雅读

距离的组织

想独上高楼读一遍《罗马衰亡史》

忽有罗马灭亡星出现在报上[①]。

报纸落。地图开,因想起远人的嘱咐。

寄来的风景[②]也暮色苍茫了。

("醒来天欲暮,无聊,一访友人吧。")[③]

---

① 1934年12月26日《大公报》国际新闻版伦敦25日路透电:"两星期前索佛克业余天文学者发现北方大力星座中出现一新星,兹据哈华德观象台纪称,近两日内该星异常光明,估计约距地球一千五百光年,故其爆发而致突然灿烂,当远在罗马帝国倾覆之时,直至今日,其光始传至地球云。"这里涉及时空的相对关系。
② "寄来的风景"当然是指"寄来的风景片"。这里涉及实体与表象的关系。
③ 这行是来访友人(即末行的"友人")将来前的内心独白,语调戏拟我国旧戏的台白。

灰色的天。灰色的海。灰色的路。①

哪儿了？我又不会向灯下验一把土。②

忽听得一千重门外有自己的名字。

好累啊！我的盆舟没有人戏弄吗？③

友人带来了雪意和五点钟。④

           1月9日（1935年）

----

① 本行和下一行是本篇说话人（用第一人称的）进入的梦境。
② 1934年12月28日《大公报》的《史地周刊》上《王同春开发河套讯》："夜中驱驰旷野，偶然不辨在什么地方，只消抓一把土向灯一瞧就知道到了哪里了。"
③ 《聊斋志异》的《白莲教》篇."白莲教某者，山西人也，忘其姓名……某一日，将他往，堂上置一盆，又一盆覆之，嘱门人坐守，戒勿启视。去后，门人启之。视盆贮清水，水上编草为舟，帆樯具焉。异而拨以指，随手倾侧，急扶如故，仍覆之。俄而师来，怒责'何违我命！'门人力白其无。师曰，'适海中舟覆，何得欺我！'"这里从幻想的形象中涉及微观世界与宏观世界的关系。
④ 这里涉及存在与觉识的关系。但整诗并非讲哲理，也不是表达什么玄秘思想，而是沿袭我国诗词的传统，表现一种心情或意境，采取近似我国一折旧戏的结构方式。

尺 八

像候鸟衔来了异方的种子,
三桅船载来了一枝尺八,
从夕阳里,从海西头。
长安丸载来的海西客
夜半听楼下醉汉的尺八,
想一个孤馆寄居的番客
听了雁声,动了乡愁,
得了慰藉于邻家的尺八,
次朝在长安市的繁华里
独访取一枝凄凉的竹管……
(为什么霓虹灯的万花间
还飘着一缕凄凉的古香?)

归去也,归去也,归去也——

像候鸟衔来了异方的种子,

三桅船载来了一枝尺八,

尺八乃成了三岛的花草。

(为什么霓虹灯的万花间

还飘着一缕凄凉的古香?)

归去也,归去也,归去也——

海西人想带回失去的悲哀吗?

6 月 19 日(1935 年)

圆 宝 盒

我幻想在哪儿(天河里?)

捞到了一只圆宝盒,

装的是几颗珍珠:

一颗晶莹的水银

掩有全世界的色相,

一颗金黄的灯火

笼罩有一场华宴,

一颗新鲜的雨点

含有你昨夜的叹气……

别上什么钟表店

听你的青春被蚕食,

别上什么骨董铺

买你家祖父的旧摆设。

你看我的圆宝盒

跟了我的船顺流

而行了，虽然舱里人

永远在蓝天的怀里，

虽然你们的握手

是桥——是桥——可是桥

也搭在我的圆宝盒里；

而我的圆宝盒在你们

或他们也许也就是

好挂在耳边的一颗

珍珠——宝石？——星？

7月8日（1935年）

断　章

你站在桥上看风景,

看风景人在楼上看你。

明月装饰了你的窗子,

你装饰了别人的梦。

10 月（1935 年）

音　尘

绿衣人熟稔的按门铃
就按在住户的心上：
是游过黄海来的鱼？
是飞过西伯利亚来的雁？
"翻开地图看"，远人说。
他指示我他所在的地方
是那条虚线旁那个小黑点。
如果那是金黄的一点，
如果我的坐椅是泰山顶，
在月夜，我要猜你那儿
准是一个孤独的火车站。
然而我正对一本历史书。

西望夕阳里的咸阳古道,

我等到了一匹快马的蹄声。

10月26日(1935年)

鱼 化 石

我要有你的怀抱的形状,

我往往溶化于水的线条。

你真像镜子一样地爱我呢。

你我都远了乃有了鱼化石。

(1936年)

半 岛

半岛是大陆的纤手,

遥指海上的三神山。

小楼已有了三面水

可看而不可饮的。

一脉泉乃涌到庭心,

人迹仍描到门前。

昨夜里一点宝石

你望见的就是这里。

用窗帘藏却大海吧,

怕来客又遥望出帆。

3月(1937年)

无　题（一至五）

一

三日前山中的一道小水，
掠过你一丝笑影而去的，
今朝你重见了，揉揉眼睛看
屋前屋后好一片春潮。

百转千回都不跟你讲，
水有愁，水自哀，水愿意载你。
你的船呢？船呢？下楼去！
南村外一夜里开齐了杏花。

3月（1937年）

二

窗子在等待嵌你的凭倚。
穿衣镜也怅望，何以安慰？
一室的沉默痴念着点金指，
门上一声响，你来得正对！

杨柳枝招人，春水面笑人。
鸢飞，鱼跃；青山青，白云白。
衣襟上不短少半条皱纹，
这里就差你右脚——这一拍！

4月（1937年）

三

我在门荐①上不忘记细心的踩踩,
不带路上的尘土来糟蹋你房间
以感谢你必用渗墨纸轻轻的掩一下
叫字泪不沾污你写给我的信面。

门荐有悲哀的印痕,渗墨纸也有,
我明白海水洗得尽人间的烟火。
白手绢至少可以包一些珊瑚吧,
你却更爱它月台上绿旗后的挥舞。

4月(1937年)

---

① "门荐"或称"门垫"或"门毡",国内早有此物,迄今尚无通用名称。

四

隔江泥衔到你梁上,
隔院泉挑到你杯里,
海外的奢侈品舶来你胸前:
我想要研究交通史。

昨夜付一片轻喟,
今朝收两朵微笑,
付一枝镜花,收一轮水月……
我为你记下流水账。

4月(1937年)

五

我在散步中感谢

襟眼是有用的,

因为是空的①,

因为可以簪一朵小花。

我在簪花中恍然

世界是空的,

因为是有用的,

因为它容了你的款步。

5月（1937年）

---

① 古人有云："无之以为用。"

淘　气

淘气的孩子,有办法:
叫游鱼啮你的素足,
叫黄鹂啄你的指甲,
野蔷薇牵你的衣角……

白蝴蝶最懂色香味
寻访你午睡的口脂。
我窥候你渴饮泉水
取笑你吻了你自己。

我这八阵图好不好?
你笑笑,可有点不妙,

我知道你还有花样——

哈哈！到底算谁胜利？
你在我对面的墙上
写下了"我真是淘气"。①

5月（1937年）

---

① 旧时顽童往往在墙上写"我是乌龟"之类，使行人读了上当。

白 螺 壳

空灵的白螺壳,你,
孔眼里不留纤尘,
漏到了我的手里
却有一千种感情:
掌心里波涛汹涌,
我感叹你的神工,
你的慧心啊,大海,
你细到可以穿珠!
我也不禁要惊呼:
"你这个洁癖啊,唉!"

请看这一湖烟雨

水一样把我浸透,

像浸透一片鸟羽。

我仿佛一所小楼,

风穿过,柳絮穿过,

燕子穿过像穿梭,

楼中也许有珍本,

书叶给银鱼穿织,

从爱字通到哀字——

出脱空华不就成!

玲珑吗,白螺壳,我?

大海送我到海滩,

万一落到人掌握,

愿得原始人喜欢:

换一只山羊还差

三十分之二十八;

倒是值一只蟠桃。

怕叫多思者想起:

空灵的白螺壳,你

卷起了我的愁潮——

我梦见你的阑珊:
檐溜滴穿的石阶,
绳子锯缺的井栏……
时间磨透于忍耐!
黄色还诸小鸡雏,
青色还诸小碧梧,
玫瑰色还诸玫瑰,
可是你回顾道旁,
柔嫩的蔷薇刺上
还挂着你的宿泪。

5月(1937年)

灯 虫

可怜以浮华为食品,
小蠓虫在灯下纷坠,
不甘淡如水,还要醉,
而抛下露养的青身。

多少艘艨艟一齐发,
白帆篷迎倒十风涛,
英雄们求的金羊毛
终成了海伦的秀发。

赞美吧,芸芸的醉仙
光明下得了梦死地,

也画了佛顶的圆圈!

晓梦后看明窗净几,
待我来把你们吹空
像风扫满阶的落红。

                        5月(1937年)

实行空室清野的农民

红了脸,找地方生蛋的小母鸡
带来了吧,还是小孩子抱着?
爱跳的那个年轻的毛驴,
唔,那个"小婊子",也带来了吧?
家禽家畜都不会埋怨
重新过穴居野处的生活。

谁说忘记了一张小板凳?
也罢,让累了的敌人坐坐吧,
空着肚子,干着嘴唇皮,
对着砖块封了的门窗,
对着石头堵住了的井口,

想想人，想想家，想想樱花。

叫人家没有地方安居的
活该自己也没有地方睡！
海那边有房子，海这边有房子，
你请我坐坐，我请你歇歇，
串门儿玩玩大家都欢喜，
为什么要人家鸡飞狗跳墙！

没有什么，是骚骡子乱叫，
夜深深难怪你们要心惊，
山底下敌人听了更心悸。
等白昼照见了身边的狼狈，
你们会知道又熬过了一天，
不觉得历史又翻过了一叶。

1939 年 11 月 17 日

给《论持久战》的著者

手在你用处真是无限。
如何摆星罗棋布的战局?
如何犬牙交错了拉锯?
包围反包围如何打眼?

下围棋的能手笔下生花,
不,植根在每一个人心中
三阶段:后退,相持,反攻——
你是顺从了,主宰了辩证法。

如今手也到了新阶段,
拿起锄头来捣翻棘刺,

号召了,你自己也实行生产。

最难忘你那"打出去"的手势①
常用以指挥感情的洪流
协入一种必然的大节奏。

11月30日(1939年)

---

① 著名的惯用手势。

散　文

译阿左林小品之夜

"这是异邦呢,还是故国?"

都是的,在我。我是中国人。译这些小品,说句冒昧的话,仿佛是发泄自己的哀愁了。

一边想,我一边右手捏着一枝毛笔,左手撑着面颊,坐对摇摇的烛影。这几晚都是点的洋蜡。"家"已经搬了几天了,据说电灯公司,忘记来补要电费,因此就有理由不来装电表。没有关系,我们都是中国人;而且,

"Señor 阿左林,这些小品可不是只合在烛影下译吗?"

风摇烟筒。这几天倒像冬天了。一阵阵冷气袭人,哦,炉火快灭了,可是我懒得添煤,尽呆着。

"硬面饽饽!"

此何声也?不错,前几年在《骆驼草》上谈到"西班牙的城"

的岂明先生前几天在报上谈北平呼声中正介绍过呢。想起四年前初来旧京,住在公寓里,深更危坐,噗的一声,敲在墙角外的亦正是此声也。当时不知道叫卖的什么东西,只料想吃起来一定有一股凄凉味,后来知道是卖的饽饽,现在又听说"味道并不坏"。

打开门来,月光扑面,风急天高,从对面亮果厂口移来了一个黑影,一盏灯。于是,四大枚换来了二大饼。今夜总算尝到了。

吃了就睡吧,可不是又太"晚了"。

1934 年

尺 八 夜

我第一次听到尺八是在去春三月底一个晚上,在东京。

那时候我正在早稻田附近一条街上,在若有若无的细雨中,正在和朋友C以及另一位朋友一块儿走路。我到日本小住,原是出于一时的兴致,由于偶然的机会,事先没有学过一点日文日语,等轮船"长安丸"一进神户,一靠码头,就把自己完全交给了为我作向导的C,紧接着发现,也就交给经常监视他的一个便衣警察。他们现在正要带我老远的去一家吃茶店。我却不感觉兴趣,故意(小半也因为累了)落在他们后面,走得很慢,心中怏怏的时候,忽听得远远的,也许从对街一所神社吧,送来一种管乐声,如此陌生,又如此亲切,无限凄凉,而仿佛又不能形容为"如怨如慕如泣如诉"。我不问(因为有点像箫)就料定是所谓尺八了,一问他们,果然不错。在茫然不辨东西中,我油然想起了苏曼殊的绝句：

> 春雨楼头尺八箫
> 何时归看浙江潮
> 芒鞋破钵无人识
> 踏过樱花第几桥

这首诗虽然没有什么了不得，记得自己在初级中学的时候却读过了不知多少遍，不知道小小年纪，有什么不得了的哀愁，想起来心里真是"软和得很"。我就在无言中跟了他们转入了灯光疏一点的一条僻街。

回到京都，我们仍然住在东北郊那个日本人家的两开间小楼上，三面见山，环境不坏。这一家小孩多，家具也多，地方虽比普通日本人家算脏一点，气派却大一点。房东是帝国大学的一位物理系助手，一个近五十岁的老好人，平时偶尔弹弹钢琴，听说吹得一口好尺八，在外边有许多年轻人跟他学，虽然他在家里总不大吹。

是在五月间的一个夜里吧，我听见尺八就在我们的楼下吹起来了。

约莫两点钟光景，我猛然间被什么惊醒了，听见楼下前门口有人叫嚷。因为我一到日本就无端招致了警察的猜疑，现在有点惴惴然，轻轻的敲敲薄薄的一层隔板，唤醒了C。我心里却立刻兜上了我们在西山古刹，夜半雨中同闻二犬狂号，令人毛发耸然的一幕，回想起来是那么可笑的，而仍不失为可喜的，盖人有时候也会爱一点惊险。这差不多是四年前了，与现在的情景如此相似，又如此相异。接着我听出了楼下闹的只是两人，其中之一是我们的房东。可是他们闹些什么呢？讲些什么话？想起话来，我就悲哀，我学话的本领实在太差了，算起来我在北平已经住了五六年，有如此好机缘，竟没有学会几句京话，直到现在仍然是一口南腔北调，在北方，人家当然认我是说的南方话，回到南方，乡下人又以为我说的北方话，简直叫我不知道自己是什么地方人了。记得在什么地方听说过，朱舜水在日本常操和语，到病榻弥留的时候，讲的话友人不懂，几句土话。而在我连土话也容易忘掉呢。我到日本已有两月，勉强说得来的还只是"谢谢"，"对不住"等（后来动身回国的时候，竟还不好意思对房东们高声的说一句"沙扬娜拉"，至今犹有遗憾），听得来的也只此数语而已。于是我问C，他回答说"还不是喝醉了胡闹吗！"这时候，他们已不再叫嚷，像已进了屋，笑了一阵，那个陌生人哼起了我听不懂的歌调，接着尺八也在这夜深人静里应声而起了。啊，如此陌生，又如此亲切！说来也怪，我初到日本，常常感觉到像回到了故乡，我所不知道的故乡。其实也没有什么，在北地的风沙中打发了五六个春天，一旦又看见修竹幽篁、板桥流水、杨梅枇杷、朝山敬香、迎神赛会、插秧采茶，能不觉得新鲜而又熟稔！我仿佛回到了童时的境地，或者童时以前的祖籍"金陵"石臼湖以东这一带，虽然我生长的地方是江海间一块新沙地，清朝乾隆年间才出水，说不上罗曼蒂克。固然关西这地方颇似江南，可是江南的河山或仍依旧，人事的空气当迥非昔比，甚至于不能与二十年前相比吧。那么这大概是我们梦里的风物，线装书里的风物，古昔的风物了。尺八仿佛可以充这种风物的代表。的确，我们现在还有相仿的乐器,箫。然而现在还流行的箫，常令我生"形存实亡"的怀疑，和则和矣，没有力量，不能比"二十四桥明月夜，玉人何处教吹"的箫，不能比从秦楼把秦娥骗走的箫，更不能与"吹散八千军"的张良箫同日而语了。自然，从前所谓箫也许就是现在所谓笛，而笛呢，深厚似不如。果然，现在偶尔听听笛，听听昆曲，也未尝不令我兴怀古之情，不过令我想起的时代者，所谓文酒风流的时代也，高墙内，华厅上，盛筵前，一方红氍当舞台的时代也，楚楚可怜的梨园子弟，唱到伤心处，是戏是真都不自知的时代也，金陵四公子的时代也，盘马弯弓，来自北漠，来自白山黑水的"蛮"族席卷中州的时代也，总之是山河残破、民生凋敝的又一番衰败的、颓废的乱世和末世。而尺八的卷子上，如叫我学老学究下一个批语，当为写一句：犹有唐音。自然，我完全不懂音乐，完全出于一时的、主观的、直觉的判断。我也并不在乐器中如今特别爱好了尺八，更不致如此狂妄，以为天下乐器，以斯为极。我只是觉得单纯的尺八像一条钥匙，能为我，自然是无意的，开启一个忘却的故乡，悠长的声音像在旧小说书里画梦者曲曲从窗外插到床上人头边的梦之根——谁把它像无线电耳机似的引到了我的枕上了？这条根就是所谓象征吧？

现在，你听，不知道从什么时候起，歌声早已停止，也许因为唱得不好，那个人罢手了，现在只剩了尺八的声音。我如何形容它，描摹它呢？乃想起了国内寄来的报上有周作人先生

译永井荷风的一段话,这段文字我读了好几遍,记得简直字字清楚:

> 呜呼,我爱浮世绘。苦海十年为亲卖身的游女的绘姿使我泣。凭倚竹窗茫然看着流水的艺妓的姿态使我喜。卖宵夜面的纸灯寂寞地停留在河边的夜景使我醉。雨夜啼月的杜鹃,阵雨中散落的秋天木叶,落花飘风的钟声,途中日暮的山路的雪,凡是无常无告无望的,使人无端嗟叹此世只是一梦的,这样的一切东西,于我都是可亲,于我都是可怀。

不管原文如何,这段虽然讲画,而在情调上、节奏上简直是代我在那里描摹我此刻所听的尺八。可是何其哀也!呜呼,"我知之矣"(我想起了"欧阳子方夜读书"),惟其能哀,所以能乐,斯乃活人。悲哀这东西自从跟了人类第一次呱呱堕地而同来以后,就永远与正常的人类同在了。现在他们的世界,不管中如何干,外总是强,虽然还没有完全达到夜不闭户、路不拾遗的一步,比较上总算是一个升平的世界,至少是一个有精神的世界。而此刻无端来了这个哀音，说是盛世的哀音，可以，说是预兆未来的乱世吧，也未尝不可，要知道"合久必分，分久必合"，哀乐是交替的，或者是同在的，如一物的两面，有哀乐即有生命力。回望故土，仿佛一般人都没有乐了，而也没有哀了，是哭笑不得，也是日渐麻木。想到这里，虽然明知道自己正和朋友在一起，我感到"大我"的寂寞，乃说了一句极简单的话："C，我悲哀。"

第二天我告诉 C 说我要写一篇散文，记昨夜。我说尺八这种乐器想来是中国传来的吧。C 是学历史的，也注意东西交通史的，他答应替我查一查，可是手头没有什么可参考的书。结果我们还是止步于《辞源》上的这一条：

吕才制尺八，凡十二枚，长短不同，与律谐契。见《唐书》。

这自然不能使我满足，写文章的兴致也淡下去了。

过了一个月光景，不知道怎么一回事，竟写了一首短诗，设想一个中土人在三岛夜听尺八，而想象多少年前一个三岛客在长安市夜闻尺八而动乡思，像自鉴于历史的风尘满面的镜子。

写成后自己觉得很好玩，于可解不可解之间，加上了一个题辞。

　　正是江南好风景

　　落花时节又逢君

　　写诗的日期，现在看稿后注的是六月十九夜。记得第二天我很高兴的告诉了C。可是，一盆冷水——他笑我这首诗正好配我那张花八十钱买来的廉价品乐片《荒城之月》，名为"尺八独奏"，其实是尺八与曼陀玲、吉达等的海派杂凑。这张乐片曾拿到楼下房东处请教过，结果被笑为尺八不像尺八，《荒城之月》不像《荒城之月》。我这首诗里忽而"长安丸"，忽而"孤馆"，忽而"三岛"，忽而"霓虹灯"，也是瞎凑。给C一说，仿佛真有点如此，大为扫兴。过了一些日子，我又释然了，一想这首诗不是音乐，虽然名为《尺八》，而意不在咏物，而且一缕"古香"飘在"霓虹灯的万花间"也不见得不自然。周作人先生说得好，"我们在日本的感觉，一半是异域，一半却是古昔，而这古昔乃是健全地活在异域的，所以不是梦幻似地虚假，而亦与高丽、安南的优孟衣冠不相同也。""健全地活在异域"，不错，也可说活在现代世界。恰好北平朋友来信催稿,我虽然已不大喜欢这首诗了,终于把它打发了回去。

再过一个月,我因事也动身回国了。C把我送到了船上。我回到北平不久,接到他的信,说是他那天下午独自回到住地,凄凉满目,情状就像当年在家里送了丧。在朋友们眼中看来比出国前反而消瘦了许多,也苍老了许多,我回到故国,觉得心里十分空虚。读信又非常怀念那边,想仍然回到那边去,仿佛那边又是我的归宿了。自然,以后又一切都淡了下去。

《尺八》这首诗呢,已经在印刷所排好,尚未印出,我越看越不喜欢,结果用另一首诗换了出来,然而后来因为《大公报》诗特刊需稿,没有法子又寄了去。登出后有些师友说好,我自己则不觉得如何高兴,而且以未证明从中国传去这个假设为憾。虽然早想问周作人先生,自己不大放在心上,懒懒的一直捱延到今春才写信去问,然后得到了一个使我相当高兴的答复:

尺八据田边尚雄云起于印度,后传入中国,唐时有吕才定为一尺八寸(唐尺),故有是名。惟日本所用者尺寸较长,在宋理宗时(西历1285)有法灯和尚由宋传去云。

虽然传往日本是在宋而不在唐，虽然法灯和尚或者不是日本人，已没有多大关系了。

　　本来只打算给诗作一条小注，后来又打算写一篇千把字的附记，而现在写成了这样一篇似可独立的散文了，离初意越远，但反而实践了听尺八夜次朝的心愿，虽然写得如此芜杂，不免也有点暂时的高兴，我要欣然告诉 C 了，如果他在这里。本来他说要来此地看我的，可是现在早该是他回国的时候了，竟一春无消息，以致我此刻不知道他已到了哪里。啊，我将向何方寄我的系念，风中的一缕游丝？时候不早了。呜呼，历史的意识虽然不必是死骨的迷恋，不过能只看前方的人是有福了。时候不早了，愿大家今夜好睡，为的明朝有好精神。夜安！

5 月 8 日（1936 年）

成　长

种菊人为我在春天里培养秋天。

前些日子写了这一句，一直没有接下来，因为在春天里说秋天，不免杀风景，正所谓自寻烦恼，作茧自缚。何必，看看帘外吧。时已五月，三数十盆菊已种在庭心了，先是在廊下，也许因地利，就在我的门前。记得有一位朋友曾对我说过，"关在房间里干什么？出来看看你的门前吧，真是仙境哪。"不错，罗列两旁的三数十盆小绿，标明的是"白瑶台""丹凤""锦毛狮子""玉麒麟""紫雁""千叶莲""金台夕照""懒梳妆""流苏""绣纺球""玉珠环"……煞是大观。可是我倒想起了秋天。去年秋天我怎么没有留意到这样一个大千世界呢？我对于花本身向来没有多大兴趣，看起来总是走马。所以去年有一晚，在一位同事的房间里，看见了两盆菊花，乃忽然讶异于分派在自己的房间里的一盆，是黄的呢，还是白的，虽然搁到当时也快萎谢了——快了吧！又是一年？心里一凉。

可是，花刚在发芽吐叶，就想到萎谢，真太冷酷了，对自己。的确，这是没有出息的想头。记得去年年底，动身回南的一天，整顿行箧的时候，竟然大为委顿，简直理不下去了，因为想起了再过一个半个月，又得回来，又得在黄昏里，带着一身疲倦，在这个房间里卸却行装。我可怜那只提箱，跟我来回的跑，也可怜自己，来回的带这劳什子。——不成！我随即想起，这个想头会一笔勾销了世间的一切哪。

真的，我现在想，你说这怎么成，倘若你上车站接你的亲人，而预先想到了一两个月后送丧似的凄凉？预先想到了人去后的屋子里留下了凌乱的一堆废纸，被喝剩了半杯的、尚有微温的红茶？你说这怎么成，倘若你赴一个约会而预先想到了隔雨的红楼之间，踽踽独行，心中回旋着"珠箔飘灯独自归"？你说这怎么成，倘若你听"霓裳羽衣"而预先想到了"夜雨闻铃"？

一切都何必当初，则世界完了。一个人似应当知道，这还是有福的，如其在"鸡鸣枕上，夜气方回"的时候，能有"繁华靡丽"的一梦可叹。怕只怕，回过头来，一片空白。

从前读到亥尼叶（Henri de Régnier）的一篇小说，讲一个住在楼下的老人，听楼上人家开跳舞会，而回溯自己年轻的时候的一段甜蜜的往事。凄凉吗？多少有点。可是设想跳舞会中有一个年轻人，忽然想到楼下那个孤寂的老人，一灰心，乃悄然走出客厅去，消失在夜色中。到三十年后，做了楼下的老人，听人家的跳舞会，回过头去，像普如思忒一样，作"往日之追寻"，那时候不觉得荒凉吗？

莎士比亚见目思珠（见《风暴》中短歌"海变"），灵心可喜，而卫伯斯忒从红粉底下看出骷髅（据 T.S. 爱略忒说），则慧眼可怕了。戴了 X 光眼镜，看透了一切，你就看不见一切了。把一件东西，从这一面看看，又从那一面看看，相对相对，使得人聪明，进一步也使得人糊涂。因为相对相对，天地扩大了，可是弄到后来容易茫然自失，正如理发店里两边装镜子，你进了门左右一望，该不能再笑初进大观园的刘姥姥了。

我们的庄子不是聪明绝顶了吗？他把"绝对"打个粉碎。他说彭祖算得了什么长寿！"楚之南有冥灵者，以五百岁为春，五百岁为秋；上古有大椿者，以八千岁为春，八千岁为秋。""朝菌不知晦朔；蟪蛄不知春秋。"他甚至于想创立第四度（Fourth dimension)"以天地为春秋"。小大完了，是非也随之休矣。可是小心，"方生方死，方死方生，方可方不可，方不可方可，因是因非，因非因是……"你在说什么啊？可把我弄糊涂了，我一时摸不着头脑。你看，把你自己都催眠了，你做梦了——"栩栩然蝴蝶也"。你弄不清楚了：到底是庄周梦为蝴蝶呢，还是蝴蝶梦为庄周？

"你聪明得糊涂了"，我要说，倘使我是孔子，你自己不是先就说"梦为蝴蝶"吗？这就行了。你驾大鹏号飞艇，海阔天空，太不着边际。要知道，绝对呢，自然不可能；绝对的相对把一切都搅乱了：何妨平均一下，取一个中庸之道？何妨来一个立场，定一个标准？何妨来一个相对的绝对？譬如从山前看山，以看到山顶（刚刚一半）为正常，以看到山背为过敏。"鸟兽不可与同群"，一切色相之存在系于我们人的眼底，我们不妨就人立标准，我们脚踏实地，就用脚来量吧，一脚一 foot，两脚两 feet。

"哼！"庄子这时候该嗤之以鼻了，"那么你开步走，一二三四，周游列国去吧。落得后世人说一句'夫子何为者，栖栖一代中？'你这样一来，天下多事矣。"

不，我倒要为孔子抱不平了："你老先生既然知道相对，就不该欺负他。他比你先死，无法反驳；可是我比你后生，我也可以随便奚落你。尘土归尘，你结果还是归于一抔黄土，何苦来！你自己分不清梦与非梦，还要著书立说，留下一本糊涂帐，你也多事啊，莫非也是'知其不可而为之'吗？"

如果"知其不可而为之"仍不失为一种糊涂，则孔子也甘愿糊涂：他让自己"不知老之将至"。好几年前，我在一本无足道的外国书前面看到一幅画，名"隐者读书"，白胡子与古书页相辉映，使我大为感动，觉得埋头图书馆也许是最好的消愁办法吧。可是，自甘于某一种糊涂的、若愚的、而脚踏实地的孔子，在寂寞的长途上，走走自然会到了不舍昼夜而流逝的水边，于是乎未能免俗，作了一个如果旋律的发展起来就是一首诗的，单纯的，平凡的，圣洁的，永古的长叹——"水哉，水哉"！

那么你走在空谷里的时候，也不妨说："斑鸠啊，斑鸠啊！"或者"鹿啊，鹿啊"。这样一来，鸟兽也可以同群了。你不妨叫公鸡对山羊说话，叫狐狸嫌葡萄酸，叫希拉（Hera）吃醋，因为宙斯（Zeus）别有所欢，爱上了地上一个孩子……好不热闹！

按人意的尺寸造起了神话世界，造起了童话世界，造起了寓言世界……这样一来，倘若你走在二十世纪的物质文明里，你就有机械与你同群了：你可以赞美起重机的膂力，颂扬火车头的勇往，看"曼丽皇后"与"诺曼地"赛跑……好不热闹！这就是所谓文学世界吧？

这时候，庄子，你该含笑了。你扮起孙悟空，大闹"绝对"的天宫，虽然一个筋斗十万八千里，依旧翻不出如来佛的手掌，可是你究竟演了一出好戏。你看，你变蝴蝶的本领也实在高明，比后世舞台上演的"金蝉脱壳"妙得多了。假如我"思华年"，恕我也来一句"庄生晓梦迷蝴蝶"吧。"满纸荒唐言，一把辛酸泪"，不要哭，不要哭，你失败了，你也成功了。即使你不是演戏，是赶路，那么虽然你或尚未达目的地，一长段路倒亏你走下来了。

孔子呢，你在川上喝了一口凉水，顿觉神清气爽，恢复了疲劳，现在该挂起行杖，背起行囊，脚踏实地，一脚一 foot，两脚两 feet，重新上路了，列国还没有走遍呢，继续周游去吧，去寻你的梦吧——寻你的"唐虞之世"，也正是人家寻"华胥国"，寻"黄金城"（El Dorado），寻苏联童话里的"远方"……

远方，远方！——各种的远方，方向间或不同，距离容有差池！"白瑶台""丹凤""锦毛狮子"的世界是就在我的门前。三数十盆菊绿依旧，而我倒像环球旅行了一次。"细雨梦回鸡塞远"，怅怅的打开贴满了旅馆、轮船的花纸的行筒，检点一路上信手采摘来的花样，仔细一想——还是落套。可是在某种观点上看来,日光之下真可以说是没有新的东西。格雷的"墓畔哀歌"自然落套，因为谁不知道到头来都是一场空呢，虽然他有所给，也有所得——

He gave to misery all he had,a tear,

He gained from Heaven, twas all he wished,a friend.

（他给予坎坷一切他所有的，一滴眼泪，

他得自上苍一切他所求的，一个朋友。）

即便瓦雷里的"海滨墓园"也有人说本旨平平。不错，譬如说，如果我们知道了"生生之谓易"，知道了"葡萄苹果死于果子，而活于酒"，就意义上说来，底下这三行，实在也没有什么稀奇了：

> Comme le fruit se fond en jouissance,
> Comme en delice il change son absence
> Dans une bouche ou as forme se meurt!
> （像果子融化而成了快慰，
> 像它把消失变成了甘美
> 在它的形体所死亡的嘴里……）

不过，虽然根株仍然离不了一样平常的泥土，这总是两朵奇葩，因为开得妙，开得美。而且，单是提到他们这几行，我就得了安慰了。格雷写那两行，好像一上一下，拨两粒清脆利落的算盘珠。一个人有了这样一笔帐可结，也就不虚此生了，也就是结了实了。瓦雷里的果子呢，上口真是甜着哪。既然不免于一吃，何况做一个可口的果子。洛庚·史密士"满足于被折如花，消失如影，被吞没如雪片入海"呢。也罢。让种菊人来浇水吧，为我培养秋天吧。或者我自己培养一种秋天吧，我也应当有我的"白瑶台""丹凤"的世界啊。我们不妨取中庸之道，看得近一点，让秋天代表成熟的季节，在大多数草木是结果的季节。各应其时，各展其能吧。在大多数草木，花是花，果是果；在一部分草木，花即是果，例如菊花。不过，恕我的痴心问一句，假如你像我的一位朋友的老师那样，梦为菊花，你会不会说呢："我开给你看，纪华（随便拟的名字，其实等于 X，代表你第一个想到的名字）。"

5月31日（1936年）

雅读

地图在动

中国一般人向来对于地图不感觉兴趣，可是现在沉睡的地图在动了。有前方的战场上、营垒里不算，在全国各地都见到地图向人睁大了眼睛：

在上海战事刚开始的时候，W县的郭老太太，一见在外边读书的儿子回来，就问他说宜昌听得见炮声不。于是中学生书箱里一本中国地图摊开在慈祥的老眼前了。

听说南京陷落的时候，年轻的郑太太问郑先生说，"苏州丢了没有？"于是在黯淡的灯光下，一只手指在江苏省图的京沪铁路线上巡回了好几次。

因为不知道信阳是一个地名，挨了发电报的顾客唾骂说，"就算你不是在电报局做事的，这些日子在报上不是天天可以发见这个地名吗！"刘佩章傍晚回家的时候，带了一本借来的地图集在洋车上翻来翻去。

同时,洋车夫邱大个,停了空车,在街角上拉住了挑汤圆担子,识几个字的王二,要他从新画在墙上的中国北半部地图上指徐州给他看。原来他听大家说徐州重要,而且他有一个弟弟最近来信说已经跟部队开到了徐州。

C城的耆老十余人在颜芝老家里讨论发电报请出师。他们谈论着某朝某某二将力扼某关某镇,S省得免于浩劫。这些地方是现在的什么地方?与本省地势上有什么关系?"我们也看看地图吧,嘿嘿,地图。"他们中有人说。于是新式的地图也闯进了一种古香古色的空气里。

恬记太太在山东,正在逃难中,在后方的徐先生对山东地势知道得越发详尽了。他正在与客人闲谈,提及诸城到临沂有多长一段距离的时候,他把大拇指从梢起第二节与第三节之间一挢说:"有这么长"——意思是一百多公里。他太熟悉了他自己身边那本地图的比例尺。

聪明洒脱,平时出门不大管方向的乔小姐从战区里辗转出来了以后,逢到人家问所经的路线,居然说:"我指给你看,拿地图来。"

侵略者为中国人民发动了中国地图。

(原载1938年5月1日《工作》第4期)

垣曲风光

四条铁路——正太、同蒲、平汉、道清——圈成了一个菱形地带：晋东南，连同一小部分的冀西和豫北。菱形的4个角尖中三个角尖上的三点是太原、石家庄和新乡，一年来算是被敌人占据了，因为那里至少有他们的队伍。四条铁路也算被他们占领了，不过倘使照有些画地图者的办法，用粗黑线表示铁路呢，这四条黑线，照我的奇想，该改用虚线，因为那四条铁路事实上随便哪一段都常常中断的，一到夜里当然更接不起来了。这样一来，这四条线正好又成了这一块在成长中也在扩张中的抗战根据地的界线。也仅仅是界线而已，并不能限制什么，里边的力量早就溢过了它们，淹没了它们，内外的中国军民尽可以扬长进出，去来无阻。加之，由于道清铁路太短，没有接上同蒲铁路，这个菱形还缺了一角，西南角，角尖是目前还在我们手里的垣曲。因为陇海铁路的西段还没有丢,垣曲在目前就成了晋东南和内地交通的最方便,虽然不是惟一的门户。

合上地图,跨上南村渡口的渡船,一会儿你就过了黄河,到了垣曲城外了。

初冬的垣曲城郊还只是晚秋景象,天气暖和。树叶还颇有些绿的。黑河流在城西,清极了。修长的白杨到处都是。站定了望望黄河南岸一座特别奇峻的蓝色的远山,听听近旁的水声,树声,你会想起这里有江南的秀丽而又是道地的北方。尤其是,一听到黄河湾里的特别多的雁声,看到像别处农家挂在檐前的红辣椒一样,一大串一大串挂在村树上,预备做柿饼的红柿子,那么鲜明的,你会想起这里又确是垣曲。

这里虽然离西北方横岭关敌人的大炮只有五六十里,在城外见到的还是太平景象,农人在田里照常恬静的工作。

慢慢的从西门进城去吧。

城门口的守兵在晒太阳。城门洞的墙壁上有两张二十天以前的西安出版的"阵中日报"。石板街道。处处见树木。房子大致都高。节孝牌坊,进士牌坊。一个清静的古城呢。还有颇像样的邮政局。里面一边墙壁上插了三排无法投递而退回来的信件，柜上横栅前贴了由西安起飞内地的，由内地转飞安南香港的三种航空信的邮费价目。邮路还通得很远呢。可是不见什么店铺。很少行人。拉住了一个过路的市民问问看。"这里老百姓只回来了三分之一"是你会听到的回答，也确是我在11月18日下午亲自听见的回答。城里没有做买卖的吗？热闹的地方在哪里？"在南关。"

南关大街本来的确是垣曲最热闹的大街，如今是一片废墟。

在这里可以看到敌人以我们的房屋为代价而遗留给我们看的痕迹了。这是给敌人放火烧的，在垣曲第一次失陷的时候。垣曲在这一次战争里前后已失陷过三次。第一次在今年2月间；第二次在7月间；第三次在10月间，在中秋前后。敌人三打垣曲，在山西战局上，第一次算是得到收获的，因为他们从这里直抄到晋西南我们的守军的后路，把局势弄成了一个新段落。第二次是徒劳，因为虽攻陷垣曲，不能占为据点，遂不能实现在道清和同蒲两条铁路之间接连交通线亦即缝合对于我们的封锁线的梦想。最近这一次也是如此。中央军在这里西北山头上和敌人打了四昼夜。在我们的部队居劣势的严重关头，有一个排长带了十个勇士抄袭敌人的后路，牵制了200名敌人，苦战之下，生还者仅2人：王克成和李怀德。敌人又终于退走了，当然也来不及好好地欣赏一下他们自己2月间在这里干下来的成绩。

现在这一带废墟，有了七八个月的历史，除了断垣破瓦外，已经不留什么，干干净净了。杂草在这里长了，又黄了，枯了。从前的窗子现在还有未曾豁开，尚存完整的方洞的，仿佛镜框，由街上的过路人，随便镶外面一块秀丽的郊景，譬如说一株白杨，一片鹊巢，半片远山。有一家屋子里，现在应该说院子里了，一只破缸，里面还有些水，大开了眼界，饱看蓝天里的白云。一家破屋，看来原先是一家颇不小的铺子，门头还留着"陶朱事业"的字迹遥对斜阳。这个门洞从前该吞吐过多少日本货，整的进，零的出。敌人来烧断了他们自己的工业品的通畅的大出路。

现在南关的确还是全城最热闹的地方。两边的房子烧了，做买卖的又来街头摆摊子。卖的物品无非是一些日用品和食品：火柴、鞋袜、电池、洋蜡、花生、柿子……摆摊的一个老头儿告诉我，大致都是把家小留在乡下，自己出来混几个子儿给大家弄一碗饭吃而已。

摆摊的不少原先开杂货铺的。在城里一条冷清的街上，在一家祠堂门口的阶石上，我们就遇见了一个。我们买了他一毛钱花生，也就买到了又一些关于垣曲的报告，那是我们在阳光里坐下来剥花生吃的时候。那时候从邻近又来了几个市民和小孩。

"敌人第一次来的时候可伤了老百姓？"我们问。

"很不少，"摆摊的回答，"第二次可没有什么了，第三次更没有了。"

我们知道第二三次并不是因为敌人变得有人性一点了，乃是因为他们自己用刀子斩去了老百姓心里"哪一朝天子不完粮""日本兵也总是人"的信念，教给了老百姓都得逃命的真理。

"第一次逃的也逃得太慌了，"摆摊的抢着接下去，"逃了命就顾不了许多，等到敌人退了，回来看什么都不见了，连一只鸡都不见。"

心想"你们早该让他们连一只鸡都不见的"，我却说出了："现在你们逃的时候把什么都带走了不是？"

"现在也没有什么了，"另一个市民说，"反正一挑子就挑走了。"

他们都已经从实际经验中理解了空舍清野的威力，第三次敌人进城只绕了一圈，人马都无处找东西吃，立不住脚。而且他们也大胆了，学乖了：

"从前我们逃得很远，现在却只和他们转了：鬼子到这个山头，我们就转到那个山头，鬼子到那个山头，我们又转回到这个山头。"

到底不同了，我心里想，因为当时听到这里已经相当高兴了，可是再从西门走回去的时候，我马上又起了另一种想头：这样就够了吗？正好，走回住处去的时候，这一点"不够"的感觉稍稍为一个故事减轻了一点：

一个种地的从便衣队那里弄到了一枚手榴弹。爬到了一个窑洞顶上，他看见两个日本兵正预备退走，就把手榴弹掷下去，并没有把他们炸死，可是把他们吓跑了，获得了一匹马和两枝枪，送给了我们的部队，防守垣曲有功，现在还驻在附近的中央军独立第五旅。

给我们讲这个故事的是一个十二岁，眉目清秀，念过几年书的孩子，名字叫王木坤，我们在黑河边遇见的。那个勇士就住在我们要经过的前面那个小赵村里。我们就要孩子引我们去找找他。他叫什么名字呢？"就叫老虎"，孩子说，笑了笑。走到村门口,问起"老虎",我们听到了"呵,郭老虎"。"老虎"是住的窑洞,不大,前面有一个小院子。可惜我们到那里的时候,"老虎"不在,锁了门。门对面的墙上有一只空篮子挂在那里,在微风里摇曳。我很想留一些什么东西在那里面,也想不出该留些什么。还合适吧,一封慰劳信,如果我身边有一封慰劳信?

1938 年 12 月 3 日故漳

巧笑记：说礼

这应算是一篇论说文。在玩笑里，在胡诌的故事里，作者响应如此江山的今日忽然兴起的尊孔献鼎，制礼作乐的宏论与盛举，无非也为了匡正世风，转移人心，略献刍荛，尝试说说礼，最令人感觉无趣，最叫人望而却步的礼，礼的起源和礼的作用。万一刻画人性，创造人物上，偶有所成就，亦终非本意所在。可是作者也全是综合和发挥古圣先贤，时人名士，以及一些朋友的意见，见诸经典报章或闻诸口头，不敢掠美，也一并声明在先。

"神经病"正在街上踟蹰，不能决定要不要去看电影的时候，忽然意外地遇见了多年不见的他的一位温柔的朋友。

向来骄傲，"神经病"曾扬言过决不做任何人的奴隶，决不会叫一个女子搅失了主意，现在对方既是一位有身份的小姐，他更乐得矜持，十足保持了绅士的气派。可是一见对方的右手探出手套，正要向前跃起来，他的一只大手就直扑下去，像老鹰飞攫一只乳黄的小鸡。

是她先伸出手来啊，完全合礼。"礼者为异"，男女授受上必须清楚，现在不是先后分明吗？不知道从哪儿学来的洋规矩，"神经病"一定要等女子先伸出手来，才和她握手。现在如果他看见这一位女朋友跟别的男朋友一起走，如果她不先招呼，他一定不管她看见了自己没有，只顾垂着头，照规矩连对她点头都不点了，哪怕他明知道这一差池就等于千里之失——又是五六年的不得一面。

如今得意之下，他连忙摸一摸领带：很好，一点也没有偏开。下颔则用不着摸，他早上刚刮过胡子。他高兴。一切就都是为了礼貌。

温柔的朋友要坐公路局的汽车回乡下的朋友家里去，时间还早，就邀"神经病"到一家咖啡店里去谈一会儿。

他们谈了许久的契阔，一直是彬彬有礼。

"你现在礼贯中西了，"温柔的朋友终于说，嫣然地一笑，"可不是刚受训回来吗?"

  他最近却没有离开过当地。可是"礼也者报也",他就报之以一笑。他自己的微笑令他觉得像一朵纸花贴在脸上,对座上的则是一朵天然地开在那里。他自己的微笑只是令他感觉到肌肉的一些伸缩而已,对座上的却吸住了他的一切,以那张小嘴的向两边微退,把撇点似的酒涡洼成了整圆的句点,以那对大眼梢的向后微引,把双眼皮的弧线刻得更深,更清晰。可是欢喜像水一样的透入了,遍布了那朵纸花,叫它活了,也当真开在那里,十分自然,因为令他觉得像鼻头长在脸上似的不再感到什么了。他也说不出为什么那么高兴。

  "现在大家都在谈礼,"对面温柔的脸尖部红中又露白,红唇弯起处半展出一排钢琴的白键子,底下流出了温柔的声音,"却往往只叫人头疼;我有一点不同的见解,想最好也拿到报上去发表一下。"

  "神经病"即景生情,灵机一动,忽然放了火花:

  "'巧笑倩兮,美目盼兮',最宜于说礼,说出来也可爱,你会在文章里引到不?"

  "也不忘记底下的那句'素以为绚兮'。"

"可不是，可不是，""神经病"很得意的回答，"这样就点明了：笑巧才能倩，目美才合盼。"

"你的推理颠倒了，"温柔的朋友说，眼珠向上角一翻，多露了一些白，可是太飘忽了，像鱼肚皮在水里的一翻侧，简直说不上嗔，"就像他们把'绘事后素'解释成了'素后绘事'。我的意思还是跟朱注一样，正符合孔子说的'人而不仁如礼何'！"

最后这一句话可叫"神经病"吃了一惊：他不是挨骂了吗？

幸好温柔的朋友毕竟温柔，接下去就说了第一得先讲人的本质。

她的本质实在好，她当然知道"神经病"的也不算坏："神经病"稍稍心安了一点。他们相对，还适于谈礼。

而且温柔的朋友毕竟温柔，她接下去说了：

"'礼近于义'，可是出发点也应是'仁'。心里先存了'人'对'人'的态度，大家才可以讲礼，礼决不如他们所说的由征服者制定了约束被征服者，约束奴隶。"

"神经病"从不知不觉已经半伏在桌子上倾听的驯服姿势中，倏地挺直了起来：他可不做被征服者，被征服于原是被征服的妇道，他原先那种姿势简直是奴才相，本来不成体统，可是守礼若是被征服者的义务，那么他还是随便一点，不，他也可以站在征服者方面而守礼——他重新又是一位有身份的绅士了。

"为了那样才制定的，"温柔的朋友却若无其事地接下去，"该是法，决不是礼。礼乐实在同源，都'管乎人情'。譬如父慈子孝，都本之于爱，人情所当然，也就是礼所当然。礼该是公式化了，规律化了的爱的表现。"

一听说，"神经病"马上又摸一摸领带，一只看不见的手又在嘴边上扫一遍：好极了，好极了。非常合礼！

"譬如梁鸿太太，"温柔的朋友再举例说明，"给梁鸿先生进食所用的礼式，也就是一种公式化了、规律化了的爱的表现——'举案齐眉'。"她一边就轻盈地向前低了一些头，轻盈地用手把咖啡杯当作盘子，当真就举到齐眉的高度，就像台上旧戏里的举空杯掩袖饮酒，以及饮了酒，把空杯底侧给对方看的那种有训练的姿势，一样的老到，一样的不着痕迹，一样的妩媚。

"神经病"这一下可不知身在何境了，几乎从座位上站了起来，几乎弓着身子去双手接了杯，直以为面前举杯的美人就是在自己家里的太太了。

不错，有这样一位又美、又贤淑、又知礼的终身伴侣，该多么幸福！倘若什么都不足以表示爱，他尽可以在家里给她梳头洗脚！人家不知道他也会多么温柔！别以为死板板的一块，碰到嘴上，一受暖气，就化了，放到嘴里就服服帖帖，随你的嘴唇，随你的舌尖，随你的牙齿而具形，而变形，而且是甜甜的，因为根本是糖做的！是啊，要讲吃，一定也叫她吃得舒服！他刚从一个帮法国人当过厨子的当今阔人家里学会了做沙拉的一种特殊方法，加上自己的一种特殊调味法，正愁没有一位知味的雅人来欣赏一下，如今不是正好给这一位天生丽质的太太品尝品尝吗！这也该是一种优美的礼节吧？甚至于这也该是一种礼节：亲手用银匙给她挑到盘里，甚至于亲手用银叉给她叉一些放到她的嘴里。爱的表现，爱的表现，借此也可以让她知道她接受的是多深的恩爱！

可是不，不！"神经病"重新正襟而危坐了。"礼者天地之序也。"天上地下，不可颠倒。做菜当然得由太太来，即使是娇贵的小姐，做了新娘，也就得"三日入厨下，洗手作羹汤"。而且你看温柔的朋友这一双纤手多灵巧，什么菜到了它们底下，沐了手泽，就会变出最好的形来，调出了最完美的谐和！是啊,是啊,他是非吃她亲手做的菜不可了,而且要敬起来真是"敬"——举案齐眉!于是"神经病"一变而成了无上尊严而无上舒服的老爷。

对了,对了,礼者序也,尊卑有序,内外有序,尽管在外边,照洋规矩给太太拿大衣,让太太一个人出风头,叫每一位先生都向她脱帽,在家里尽不妨照某种边疆部落的办法,由老爷住楼上,让太太住楼下,跟牲口在一起;不但吃太太的,穿太太的,而且甚至于叫一双可怜的嫩手洗老爷换下的衣服,亦无不可——唔,非如此实不足以表现爱。"神经病"忽然像起了一种激烈的报复心,为了一个入骨的仇恨——恨自己的长久被虐待,尤其被多少女子冷落的虐待吗?或者他是发作了一种毫无理由的虐待狂,他简直想甚至于骂她打她也可以,因为"骂是疼,打是爱",还不是爱的表现?

"要这样解说礼,"温柔的朋友接上来一句,"才可以由礼来齐家,治国,平天下,才可以服人。"

"是的,是的,才可以服人。""神经病"漫应着,他在刚才得意忘形的幻想中失去了对方谈话的线索了,庆幸这一下听到的一句正好和他的意思合拍。

那么顺当啊,连他的跑野马也都合得上轨道!他又得意了,他又忘其所以了:对,驯服了这个小东西,自己却是一身轻——完全自由。内外有序,太太管不着先生在外边的行径。倘使自己不讨人家的喜欢,在外面走投无路,先生还可以得意洋洋地回家来,说他目中没有一个人,除了自己的太太,心里也更只有自己的太太,人家骂他也就因为妒忌他有了这样一位好太太,因为他只对自己的太太好——于是,笑了,笑了,比没有笑以前更快乐的笑了,可不是,在家里红肿了眼睛的太太,就是这个坐在对面的温柔的小动物?

可是尽管温柔,朋友还是朋友,而进一步消受这一切,可不是必须先正一下名,标明人家是他的太太,他的所有物?加了封条,才可以防微杜渐,免得别的男朋友来这里纠啊缠的,就像他自己在此刻。

"神经病"就把正名这一点是否礼所必需的问题提出来讨论了。温柔的朋友就正颜回答说,正名也就是仪式的用意所在,仪式是做给社会看当事人已经取得了一种新身份,也提醒自己以这种新身份,从此不得乱来,不可含糊。她也承认这不是自己的发现或发明。只是她很赞同这一种意见。她尤其喜欢人家说社会上的身份就应该跟戏台上的身份一样，各演员应该记住各自的角色，她自己就深深地体验到了这一点，当她从前在学生时代，在大学里演《罗密欧与朱丽叶》的时候。只是她更进一步地体验到演员应该不只记得角色的身份，还应该感觉到角色的感情。她在露台上向底下的罗密欧轻柔的誓言"我的爱像海一样深，海一样无边"，当然要完全记得自己是朱丽叶的身份，感觉到朱丽叶的感情，而不是哈姆雷特的母后的身份，哈姆雷特的母后的感情，那只合哄慰哈姆雷特说："好哈姆雷特，把你夜沉沉的气色撤开吧，让你的眼睛像朋友一样的看丹麦国王。"

温柔的朋友说这一番话的时候，两只裸露的白手臂半交叉地倚在桌子边上，稍稍耸起一点肩头，俨然凭倚着露台的栏杆，下临罗密欧也就像月亮下临大海，台白飘过去像轻风，十足符合了浪漫派诗歌爱用的意象：高悬的月亮，控制着起伏的大海，等她再装出内疚心的母亲劝喻别扭的儿子那一种姿态与声调的时候，就显得不大合适，全然像反串，就不由不叫"神经病"连忙打断说：

"当然还是朱丽叶，当然还是朱丽叶！"

"一样地表现爱，可是不一样的爱。"

温柔的朋友还是着重在礼的原理,她接着说了,而且说她虽然不反对仪式,并不是她要发表的意见的中心,最后还是结之以:"礼起源于感情,于爱,还得靠感情,靠爱来赋予生命,要不然一切形式都无非具文而已。"

"也对,也对。"

"神经病"也不赞成仅是具文的仪式,比诸它们,他宁取目前流行的"一切从简"。可是他心里一种狡狯的想头又一涌而至。征服一位好高的女子,最高明的办法莫如处处都显得倒是自己才是被征服者的样子,莫如设法得到她了也还不讲形式。这样于男子还是好,十分方便,他可以说拘泥形式的是守旧派,事实却总是谁都承认。承认了,先生总还是自由,男子总不会做奴隶,总无往而不占便宜,随便怎么办。即便做了丈夫也应该有丈夫的义务、责任,丈夫把太太的好处享受够了,还可以向外发展,在当今这个开通时代,大家都知道女子的青春比男子的易逝,大家会原谅一个丈夫到一个时候会感到寂寞的苦衷,如果他是一匹种马式的天之骄子。于是他可以虽然偷偷摸摸,也实在堂堂正正的另外找一个年轻的女子。万一太太就是目前这位有钱的小姐,一辈子靠嫁妆,就吃着不尽,无须自己谋生,大有时间专用在打扮,哪怕是驼了背,也可以作贾宝玉一样的打扮,因为天生是情种啊:也就因为天生是情种,在社会上的责任就是讲恋爱,一切工作,一切功业,除了巴结一两位权要,都不值一顾,不用操心,整个心机就都可以花在诱引女子。而且太太总该讲礼,爱的表现,认为应该使丈夫快乐,就可以代为勾引。自己是长者,当然得受年轻女子的尊敬,信托,理所当然亦礼所当然,于是方便就多了;另一方面自己也可以告诉最善感的生物说,他过去实在还没有经验过真正的爱,人家就更不由不同情。不错,既如此,再加以随年龄俱进的老练手腕,准可打倒一切哪怕是漂亮小伙子的敌手。等到人家抓到手里,又可以把礼解释为爱的表现来驯服她,叫她完全自愿地受约束,岂不妙哉,你看!

然而,天,他自己也会有小妹妹的,他自己也会有小女儿的!他忽然像受了雷殛,可是人还没有死,显然只是给了心里的**魔鬼**一击。他自然还是悚然,想到这个可爱的礼说实在可怕,有如飞机的发明也可以把意中人从天外送来,也可以把意外的炸弹从天外扔来!一切全在人。"神经病"究竟本质好,有天良,现在全然忘记了对目前这一个对象做征服工作,反而起了一种全然不由自己的说不出的感情，叫他感觉到心里热烘烘的。这像人吗！是的，这就是"人而不仁"的今译。他马上觉得自己像喝了酒的狐狸精忽然在裤子后边露出了尾巴，不觉脸上也顿时发烧起来了。

"你喝两杯咖啡也会醉吗，"对座上又裂开了红皮白子的小石榴，小酒涡又圆圆地洼下去像预备装酒似的，"你这样不中用？"

"真是银样镴枪头！""神经病"满面通红地解嘲说。

这样倒真忘记了原先的坏主意：骗她说前几年已经结了婚，娶了一位非常美的贵小姐。因为他现在明白了：有太人可以解除对方避嫌的武装，美可以激起对方的醋意，而且现代世界，结过婚决不会妨碍新发展，正惟年龄大了还没有结过婚的才会叫人家认为谁都不要，也就当真谁都不要了。虽然如此，他还终于想起了今天的电影，就跟她谈了。一听说影片叫《结婚进行曲》，温柔的朋友马上得体而有礼地把脸稍稍一红，把眼睛向下一垂，于是趁势看了一看腕上的手表，而说了："哎呀，时间不早了！"

温柔的朋友回了东。这又成何体统！可是小姐说她提议进来，她是主，礼所当然。也好，也好，"神经病"想，省了他二百元，十分之一的月薪，而且被请了，正好多一个还报的机会。他就洒脱地跟着立起来走了，手给她有礼的挽着她还不想穿上的春大衣，另一手很大胆地伸给她，可惜她显然出于假装的专心一意的翻手袋里的东西，忽略了他的姿势，不曾去挽他的手臂。这样，"神经病"当然不去挽她的，这是礼貌。他记得一位朋友结婚，穿了大礼服，却在照片里，代替了让新娘挽他的手臂，自己挽了新娘的，他现在就一边走一边告诉了温柔的朋友，笑了人家的失礼。

外边街上泥泞了，显然下过雨。看着她穿的饼干色的高跟鞋踩泥浆，他忽然想提议陪她去买一双套鞋送她穿，可是一想再不被接受未免太失体面了，而且想到最高明的办法，决不靠送礼去博得欢心，可不是"礼云，礼云，玉帛云乎哉！"他忘记了陪她去买东西也是一个多接近的机会。

"对了，"温柔的朋友忽然请求说，"时间不早了，怕只好劳你驾，给我买一买票了。"

"买票！""神经病"喜出望外了，推拒着钞票说，"今天下过雨，人不会挤，5点的一场还买得到票，当然，我请你看电影。"

"不，对不住，我说是往那边，"她说，用手向前面指一指。原来前面路那边是长途汽车站。

票窗口虽然旅客排了一单行长列夹在栅栏中间，队尾却像树根一样蓬开来，大家挤做一堆，路警也维持不了秩序，解不了那一个结。

"神经病"虽然大失所望，惘然中接过了那张百元的票，一想到受了人家的嘱托，尤其是一位小姐的嘱托，就一股脑儿挤上那一堆去，自认这也是礼貌，全忘了对别的买票人的礼貌。远远地站在一边的小姐看得见他那顶呢帽被挤得摇摇欲坠。"礼失求之于野"，幸好有些乡下人对笔挺的洋服总还知道礼让，不好堵得太狠，他楔入了人丛。

"神经病"刚买到票，售完牌就挂出来了。他得胜回来，温柔的朋友就连连称谢了他一番，说要没有他，她自己来晚了，准买不着车票，今天车没有了，她就不能回去，而她明天一早就得从乡下的朋友家里坐小汽车离开当地，这是一个难得的机会，一失去，改坐飞机，怎么快也得等上一个月。

"离开这里！从此我们又不大有机会再见了吧？"

不错，温柔的朋友也表示惋惜。"神经病"嗒然若丧的时候，空汽车已经开来了,小姐依呼号上了车。

"神经病"还有礼地站在车窗外,自然有点不愉快。也为了礼貌,他不得不替她去买票,为了合乎礼貌里该放进感情,不应该只是具文的道理,他不能敷衍,得出于一番诚意地去抢买票,买了票,他当然就得送她走了,虽然明知道一分别他们又得几年不见面。她自己本来已经来晚了,一定买不着,自己不那样不顾一切地卖力,一定也买不着,买不着车票,她一定得留下来,于是由自己陪着看电影,吃晚饭,全局不也就改观了吗?她也许根本就不离开这里了!唔,"礼胜则离"!

可是又不,恨只恨礼还不周吧。他买了两张车票不就好了吗?他该送她下乡啊。也罢,这里规矩算严,一个人到票窗口只许买一张。而且,即便买到了两张,送到她乡下的朋友家门口,万一她说了"再见"呢,他当然只好回答以一个"再见",要讲礼貌,他们还不是分手了?礼确乎是爱的表现,"神经病"又想,要不然他会如此有礼吗?可是礼就分开了他们。拒之千里之外,控之掌握之内,礼作为爱的表现来解释,也实在有这一点可爱而又可怕的魔力。

可不是,你看温柔的朋友越客气,越有礼地叮嘱他不要等开车了，他越有礼地鹄候下去？

于是"神经病"似从梦中被唤醒似的听见车窗里急切的喊出了声音，还是那个温柔的声音："当心车子，当心车子！"

他靠近了车窗再回头一看，一辆先开的汽车从背后开过，还离得相当远，总难为温柔的朋友真是温柔的警告了他。他忽然伤心得流出眼泪来了，因为他多年来好像从没有受到过这样温柔的关心。

心地完全纯净了，他也决不再想留住她，希望汽车还没有出站就发生了障碍，开不出去，没有另一辆车来顶替，当场退票。

这一辆汽车也跟着动了，走了。温柔的朋友用一块花手绢在窗口有礼地摇晃——这也是爱的表现，不错，这位温柔的朋友真是解人。可是当"神经病"马上像由于那方花手绢上的一条线拉起来似的，应之以举起帽了摇晃，送她远去的时候，他悲叹了自己的命运：让一条看不见的带子绕上了颈脖，随了汽车引出去，引出去，死心塌地地做了俘虏。

6月30日（1943年）

惊弦记：论乐

一 "德 之 华"

中国历来谈乐，一般都着眼在用，在它的感人，在它的"移风易俗"，或者照现代人的讲法，都是抱的功利主义。这当然都有古圣先贤的言论作根据。例如他们也乐道某种"之音作，而民"什么什么。可是像这种话，"郑卫之音，乱世之音也"，"桑间濮上之音，亡国之音也"，与其解作有了郑卫之音才成乱世，有了桑间濮上之音，才会亡国，不如解作世已乱而产生了郑卫之音，国将亡而产生了桑间濮上之音，虽然果反过来也还可以成为因。古圣先贤的好处在于"通"，他们说了"治世之音，安以乐，其政和；乱世之音，怨以怒，其政乖；亡国之音，哀以思，其民困"以后，就接上了"声音之道与政通矣"。他们没有严格的规定,哪是因,哪是果。古圣先贤的好处也在于不忘"本"。不错,"君子动其本",《乐记》上写得明明白白。而《乐记》开宗明义就先把乐之本说清楚:"音之起,由人心生也,心之动,物使之然也。感于物而动,故形于声。声相应,故生变。变成方,谓之音。比音而乐之,及干戚羽旄,谓之乐。"中间也不时地重新提到,说了一大堆功用以后,终还是反过来结之以"歌之为言也,长言之也。说之,故言之。言之不足,故长言之。长言之不足,故嗟叹之。嗟叹之不足,故不知手之舞之,足之蹈之也"。《韩诗外传》是"小说家言",讲孔子的事情当然不足信,可是也有看起来很荒诞不经而实际上也合乎古旨的地方,例如这一个传说:孔子鼓瑟,被"侧门而听"的曾子听出了瑟声里"殆有贪狼之志,邪僻之行,何其不仁趋利之甚"。当子贡带了"谏过之色"闯进来"以曾子之言告"的时候,就感叹了曾参"知音",而老实承认了,"乡者丘鼓瑟,有鼠出游,狸见于屋,循梁微行,造焉而避,厌自曲脊,求而不得,丘以瑟浮其音,参以丘为贪狼邪僻,不亦宜乎!"因为乐是心声,"乐不可以为伪",心不正的时候,乐也给泄露出来,也就因此,各代有各代的典乐,大章,咸池,韶,夏,大护,大武,各不相同(有如各国的国歌?)

勉强不得。也正因为进步了吧,现在大家都比孔子乖多了,越有"贪狼之志,邪僻之行"越弄玄虚,越用霉气熏人的古装道袍来把它们裹得闪闪烁烁,耀眼熠目,而自以为独得了古人的衣钵。实则,即便是真衣钵,也只是衣钵而已,没有血肉,没有生命。于是尽管实际是另外一回事,大家各自揭出的没有一个坏名目,从古今谥法的变迁上也可以看得出这一种趋势。我们如今从"古乐"(?)里再也听不出"贪狼之志,邪僻之行",因为它根本就顶多只剩了一个空壳。空壳有好处,可以叫人家莫测高深,让人家把自己想象的东西放进去,尤其叫本质好的把好东西扔进去给耍空壳的大受实惠。所以空壳一直大有用处,可以进一步诱陷好高的灵魂,像搜捕萤火。可是尽管有用,总不是本来的用处了。例如孔圣人也曾经把乐用在另外的目的上,托病不见孺悲,还要叫人家明白他的意思,就等"将命者出户,取瑟而歌,使之闻之"。这种极端的功利主义的实施,这种有所为的"取瑟而歌",却一定是敷敷衍衍,不成其为乐。而另一方面,如各种传说里孔子围于匡的故事却又说明了另一点。孔子被围,见子路愠怒,想拔剑去拼,就阻止他,要他舞剑让自己协了唱歌,三终而围罢。那时候圣人虽横遭困厄,而自道"命也",发而为声,当属无所为的自然流露,一定唱得很好,唱得非常动人,以致匡人不由不罢了围,或者他们之所以罢围者,是因为他们认出了被围的是孔子,因为孔子在歌唱里显出了他的本色。本无所为而功利即在乎其间,乐之为用,当于此求之吧?

二 "鸿鹄将至"

"无所为而为"这一种态度,这一种精神,不仅在乐,在任何有成就的过程中都属不可少。我以为这应该解释为"埋头"的傻精神。高瞻远瞩,在选择期间,当属第一要着,可是把一个负荷担到肩上以后,就应该埋头。一位写诗的朋友,有一次上一个名胜地方玩,碰见了一个熟人,就受到了这一问:"你到了这里写了多少诗了。""我是来玩,"朋友就有点不高兴地回答,"不是来写诗。"可不是,如果是到一个地方玩,就应该只是玩,要不然目的在看山水,心在写诗,则山水何由看得好,诗也何由写得好?反之,山水诗好的大概都孕育于把身心完全浸在山水中间而把写诗完全忘了的时候。中国画最推崇神品、逸品,一切中国传统的艺术实也无不如此,最高的风貌可得之于"手挥五弦，目送归鸿"。顾长康把这两境还分个高下难易，似乎认为"手挥五弦"还比"目送归鸿"受拘束，有限度，着痕迹。可是我总记得这两境好像原是联在一起的，也总以为联在一起才更好？手挥目送，该是艺术到化境时候的一种最神、最逸的风姿。然而要如此"得来全不费功夫"，必须先经过最着痕迹，最傻，最笨的"踏破芒鞋无觅处"。这当然非常不合卫生。可是宣扬中庸，最通达，最近人情的孔子有时候也就这样不讲卫生！闻韶而三月不知肉味。所以任何"迷"都不足为病，无奈中国人就看不起这种老生常谈，谁都只想做聪明人。还没有学会弹琴，就都试起这一种潇潇洒洒的风姿"手挥五弦，目送归鸿"。其实这是孟子所说的"一心以为鸿鹄将至"而已。

三 "琴之感以末"

归根结蒂，还是做人第一，修养第一，准备功夫第一。这又不由不令我想起被人家百引不厌的里尔克关于写几行好诗必先体验一辈子各种生活的那一段话，有了那么悠长的准备工作，最后的甘霖下降，如瓦雷里在《棕榈》一诗中说的，就只消那轻轻的一击了,不管出之于"一只白鸽","一阵微风","一个凭倚的女子",或任何"最轻微的摇撼"。化学实验室里一杯过饱和的溶液,只消一根玻璃棍或者一只手指在杯边上轻轻的一点,就沉淀了,结晶了。就因为大家忽略了酒在水里的扩散,潜移默化,水变葡萄酒,就成了奇迹。成功往往像一个奇迹,失败也往往如此。虫蛀坏的果子和成熟的果子一样的只消空气一抖动就落。乐之产生往往如此,而乐之收效也正如此。"落叶俟微风以陨",陆机在《豪士赋序》里说,"而风之力盖寡;孟尝遭雍门而泣,而琴之感以末。何者?欲陨之叶无所假烈风;将坠之泣,不足繁哀响也。"李善就给他注明了出处在《桓子新论》:"雍门周以琴见孟尝君。孟尝君曰:先生鼓琴,亦能令文悲乎?对曰:臣窃为足下有所悲,千秋万岁后,坟墓生荆棘,游童牧竖踯躅其足而歌其上曰:孟尝君之尊贵亦犹若是乎?于是孟尝君喟然太息,涕承睫而未下。雍门周引琴而鼓之,徐动宫徵,挥角羽,初终而成曲。孟尝君遂欷歔而就之。""是琴之感以末也。"李善说。更进一步不要说乐,一点声音就够了。《战国策》里说:"更赢与魏王处于帘下,有雁孤飞东方,更赢虚发而雁下。魏王曰:射可至此乎?更赢曰:其飞徐,其鸣悲。徐,甚疮痛也，鸣悲者，久失群也：故痛未息，惊心未去，乃闻弦音而下。"是以，"人而不仁如乐何！"孔子终于说，尽管他谈了多少乐理，乐道。他又说："乐云，乐云，钟鼓云乎哉！"

徐志摩诗重读志感

做人第一，作诗第二。诗成以后，却只能就诗论诗，不应以人论诗。诗以人传，历来也有这种情况。但是作为文学现象，作为艺术产品，诗本身就是一种独立存在，在历史的长河里，载浮载沉，就终于由不得人为的遥控，尽管有的经得起几上几下，翻多少筋斗，历无数沧桑，有的不然。话当然也不能说绝，各时代有各时代的风尚，各人也各有所偏好，不可能纯客观。

好像是空谷来风，我一开头说这几句，是有所指的，这就是针对的徐志摩先生（1896—1931）和他的诗创作。想当年，"九·一八"事变后两个月，好像恰合他身份似的，老"想飞"的诗人坐飞机（那时候很少人有机会坐飞机）在济南附近触山焚化了。这在当时也曾惹起一番热闹，然后连人带诗寂寂无闻了一长段时间以后，不知怎样的，又受到了注意。今年初，出版社旧事重提，约我编一本《徐志摩诗选》，并为写序。这几天，刊物也反映读者要求，又催我帮助选他的几首诗，并说几句话。我感到义不容辞，这大概是因为诗的关系，也因为人的关系吧？

固然，"志摩与我"（借用当年的热闹题目）在两方面都有一点直接关系。就人的关系说，我做他的正式学生，时间很短，那就是在1931年初，他回北京大学教我们课，到11月19日他遇难为止，这不足一年的时间；就诗的关系说，我成为他的诗的读者，却远在1925年我还在乡下上初级中学的时候。我邮购到《志摩的诗》初版线装本（后来重印的版本颇有删节）。这在我读新诗的经历中，是介乎《女神》和《死水》之间的一大振奋。现在，过了半个世纪，总是增长了一些见识，重读他的几本诗，我敢于不避武断而说几句感想，或者还有助于我们今日的读者。

徐志摩是才气横溢的一路诗人。他给我们在课堂上讲英国浪漫派诗，特别是讲雪莱，眼睛朝着窗外，或者对着天花板，实在是自己在作诗，天马行空，天花乱坠，大概雪莱就是化在这一片空气里了。现在我只记得他在讲课中说过：他自己从小近视，有一天在上海配了一副近视眼镜，到晚上抬头一看，发现满天星斗，感到无比的激动。这或者多少启发了他自己诗创作里常显出的一种灵感。

徐志摩交游极广。他对人热诚，不管是九流三教。周围仕女如云，就像拜伦和雪莱一样，生活上也招致不少物议。他，据中学同学郁达夫先生说，是同学里最顽皮的孩子，可是考试起来门门功课得第一。他自谦不懂科学，可是他老早就发表文章介绍过爱因斯坦的"相对论"。他写过为世所诟病的一行诗："思想被主义奸污得苦"，可是他在《落叶》散文集里写到过"为主义牺牲的决心……那红色是一个伟大的象征，代表人类史里最伟大的一个时期；不仅表示俄国民族流血的成绩，那也是为人类立下了一个勇敢尝试的榜样"。他喜好自引一位朋友对他的批评："感情之浮""思想之杂"，其中不无道理。这也和他的身世有关。

徐志摩出身于浙江硖石大镇的一个富裕商人家庭。他从小被泡在诗书礼教当中，被训练得能信手写洋洋洒洒的骈四俪六文章。家里要他当银行家，就送他出洋镀金。但是正好在美国，看到欧战结束，举国若狂的兴奋景象，反而促进了他的爱国热肠。美国的资产阶级生活、物质文明，却又促使他违背父辈的初衷，抛下唾手可得的博士学位，跑去英国剑桥大学，吸烟、划船、骑自行车、读闲书，过落后于时代的优游日子。他在"五四"运动后不久回国前，和由包办而结缡的夫人离婚，力争所谓人格的尊严、恋爱的自由。回国以后，他的所谓"理想主义"（还是"主义"！），所谓要"诗化生活"，在现实面前当然会碰壁。碰壁是好事，他的深度近视眼里也没有能避开过军阀混战、民不聊生的人间疾苦。

这些驳杂的思想感情，在他的诗里都有所表现。他的诗，不论写爱情也罢，写景也罢，写人间疾苦也罢，在五光十色里，有意识无意识，或多或少，直接间接，表现的思想感情，简单化来说，总还有三条积极的主线：爱祖国，反封建，讲"人道"。这三条不是什么"先进"思想。但是这讲起来似乎显得陈腐的三条，在我们的今日和今日的世界，实际上还是可贵的东西。

徐志摩开始大写新诗的日期也说明了和这种思潮有关联的意义。"只有一个时期，"他自己说，"我的诗情真有些像山洪暴发，不分方向的乱冲。那就是我最早写诗那半年，生命受了一种伟大力量的震撼，什么半成熟的未成熟的意念都在指顾间散作缤纷的花雨。""那半年"算起来应是在1921年从美国转到英国以后,在他二十五岁的时候。他自己说:"在二十四岁以前,诗,不论新旧,于我是完全没有相干。"这正是在"五四"运动后一二年。这和国家大事有关,和私生活也有关。他在1922年秋后回国,两年后所写的就在1924年集成《志摩的诗》,1925年出版,那时候他已经二十九岁了。这在徐志摩这一路诗人,一个景仰早夭的拜伦、雪莱、济慈的诗人,写诗的起步应说是晚了,想起来不由人感到意外。我们一般写过诗的,往往十来岁就对于"诗,不论新旧"都会试过笔,只是写到成熟一点就多半要折腾个至少十年八年。而徐志摩至多经过"那半年","写了很多""但几乎全部见不得人面的"诗,到后来收入《志摩的诗》一集的那些作品,就显出十分成熟的样子了。难道真所谓"大器晚成"吗?而再过十年,他又什么都完了,连人带诗,真像一颗流星。我认为他生前出版过的三本诗集当中,《翡冷翠的一夜》并非他全盛时期的高峰,而是开始走的下坡路,尽管其中和《猛虎集》以及死后别人为他编集出版的《云游》里确有些更炉火纯青的地方,最可读的诗还是最多出之于他的第一个诗集。

徐志摩自己在去世那一年出版的《猛虎集》自序文里说,

他在《志摩的诗》以后,写诗陷入苦吟,看来确乎关系到他在这时期出尽风头的表面底下的"实际生活"的"波折"和"枯窘"。所以1931年"九·一八"事变以前他那一阵诗兴的"复活",终还是过去的余绪。若天假以年,再在现实里经过几个更大的"波折",大难不死,可以期望有一个新的开端。事实证明,到他在大雾中飞行触山物化为止,尽管他在《猛虎集》自序里哀叹着"我知道,我全知道""这是什么日子","遍地的灾荒与现有的以及在隐伏中的更大的变乱"等等,但是他还是"不知道风是在哪一个方向吹"。

说来又好像很怪,尽管徐志摩在身体上、思想上、感情上,好动不好静,海内外奔波"云游",但是一落到英国,英国的十九世纪浪漫派诗境,他的思想感情发而为诗,就从没有能超出这个笼子。布雷克是浪漫派的先行者,渥滋渥斯、拜伦、雪莱、济慈当然是浪漫派,维多利亚朝诗人,先拉斐尔派以至世纪末的唯美派都是浪漫派的后嗣或庶出。就是写诗最晚的哈代,以他的嘲世思想、森寒格调,影响过徐志摩诗创作,也还可以说是颠倒过来的浪漫主义者。尽管徐志摩听说也译过美国民主诗人惠特曼的自由体诗,确也译过法国象征派先驱波德莱尔的《死尸》，尽管他还对年轻人讲过未来派，他的诗思，诗艺几乎没有越出过十九世纪英国浪漫派雷池一步。

妙处却在于徐志摩用我们活的汉语白话写起自己的诗来，就深得他们那一路诗的神味、节奏感，虽然他还未能像闻一多先生一样，进一步引进他们所沿用的英诗格律，而在不少诗创作实践里，根据汉语白话的特性，发展出一种新诗格律的雏形。徐志摩自己说，"我的笔本来是最不受羁勒的一匹野马，看到了一多的谨严的作品我方才憬悟到我自己的野性……"尽管他说"不容我追随一多他们……下过细密工夫"，还是受了1926年北京《晨报》对于诗的形式问题讨论的消极一面的影响，也有点盲目追求以单音字数整齐为建行标准的不合乎现代汉语规律的错误要求，结果和许多人甚至闻一多自己的许多诗篇一样，造成了"方块诗"的不良风气。这也在艺术上配合了徐志摩自己诗创作的日趋枯窘，再没有早期的生气了。

剔除了这些欠缺，我们就容易看出为什么徐志摩还颇有一些诗，特别在艺术上，能令今日的我们觉得耐读，不难欣赏，而且大有可借我们攻错的地方。

"五四"开头，主张写白话文，用白话写"新诗"，甚至讲

"全盘西化",也可说是矫枉过正,从历史意义说,也无可厚非。这些先行者,实际上都不懂西诗是怎样的,写起白话诗来基本上都不脱旧诗、词、曲的窠臼(其中有的人根本毫无诗的感觉,有的人相反,对诗决不是格格不入,那是另外一回事)。《女神》是在中国诗史上真正打开一个新局面的,在稍后出版的《志摩的诗》接着巩固了新阵地。两位作者都是从小受过旧词章的"科班"训练,但是当时写起诗来,俨然和旧诗无缘,而深得西诗的神髓,完全实行了"拿来主义"。他们实际上都首先得到了惠特曼的启发,后来才逐渐分道扬镳。《死水》的作者,是对古典文学很有根柢的,但写出成熟的《死水》,却先经过《红烛》那样幼稚的阶段,进一步又以较后问世的《死水》的诗创作实践,用洗炼的白话,特别是口语,作为诗表达的工具,并结合新诗格律的有意识探索,超出了《志摩的诗》。然而,半个世纪前一些先辈共同奠定的用白话写诗的道路,至今还没有成为康庄大道,通行无阻。实际上,我国"五四"运动的纲领之一的反封建任务,至今又何尝彻底完成?讲到这个历史任务,事实是经过了欧洲文艺复兴、英国革命、法国革命、巴黎公社、十月革命,在今日世界上最广大地区,不管经济基础发展到什么地步了，上层建筑发展成什么格局了，大家的身上难道已经都把封建残余思想清除得一干二净？所以也不足为怪。

《志摩的诗》和《死水》，虽然风格不同，一则轻快，一则凝重，虽然同样"拿来"西诗形式，也羼入一些文言词藻，但用现代汉语，特别是以口语入诗，都能吐出"活"的，干脆利落的声调，很少以喜闻乐见为名，行陈词滥调之实。

更进一步我们就会注意到徐志摩（当然还有闻一多）用白话写诗，即便"自由诗"以至散文诗，也不同于散文，音乐性强。诗的音乐性，并不在于我们旧概念所认为的用"五七唱"、多用脚韵甚至行行押韵，而重要的是不仅有节奏感而且有旋律感。

我国"五四"运动以来写"新诗"的流行方式，经过一些曲折或螺旋式发展，到今天还是回到以分行写白话诗为主流。相反，有的甚至把白话诗就叫"自由诗"。而经过旧诗词以至散曲和民歌的学习，大家好像既不满足于写文言诗，也不完全满足于写"自由诗"这个也是"拿来"的形式，而不由自主又倾向于写四行一节，押上一种或几种脚韵的白话诗。这大概也是受客观规律的驱使。

四行一节固然是古、西历来如此的最普通形式，但是我国《诗经》和词曲就有多种大体整齐的形式，外国也是如此：多样化。对称也是整齐。诗是文学的一个门类，借鉴外国，也是理所当然。而我们一般诗读者，通过不负责任的翻译，看见外国诗（"自由体"除外）就是七长八短的分行，就是毫无章法押几个脚韵，以为这就是人家写诗的原来样子，也就受了影响。现在我们再读几首徐志摩的艺术形式上较为完美的诗篇，或者还可重感到一些新鲜味道、新鲜花样。他的短诗就不是一个模式。那里的节式就有多样，而大体整齐；那里的脚韵也有多样，还有交错押韵的，说是来自欧西，其实我国《诗经》和《花间集》就有，甚至还有押"阴韵"这个好像完全是外来，其实也是从《诗经》到现代民歌都有的玩意儿。再有叠句或变体的叠句，也不是歌曲里才有，外国诗里才有，看看《诗经》里有没有？难道我们写新诗用这一套就是浪费吗？精炼，并不在于避免这种重复。节奏也就是一定间隔里的某种重复。

这些都是出于不是随心所欲的讲求诗的"音乐性"，而是在活的语言以内去探求，去找出规律的要求。

而徐志摩自认为写起诗来是"脱缰的野马"，在这些方面，好像出于"天籁",只是做到个大体而已。这方面还留待写《死水》的闻一多带头在实践与理论上作进一步探索。

1979 年 7 月 31 日

何其芳与《工作》

何其芳一生总跟工作难解难分。他从1932年和我相识到他1977年去世,在我的记忆中,很少有不是工作的时候。闭门读书、伏案写书、上堂教书,是工作。凭他的神情看,闲谈也是工作。抗日战争后期到胜利后一个短时期,他两度衔党的使命从延安到重庆工作,是人所共知。他早先一度随军,后来在河北平山搞土地改革,当然是工作。他在"文化大革命"末期,搜罗外文旧书、自学德文、试按他的新诗格律主张来译海涅和魏尔特诗篇,是不被允许"工作"的替代。他1976年回四川,特别是家乡万县一行,是他打算写一部长篇小说的工作准备。他从1953年到"文化大革命"十三年的主要岗位工作,是当中国科学院文学研究所(原为北京大学文学研究所,现改隶中国社会科学院)副所长、所长。他入党以后,组织性强,纪律性强。他头脑并不简单,但有时认真到有点天真。"文化大革命"初起，当我们还没有一齐被"揪出"为"牛鬼蛇神"的日子，记得有一次文学所"红卫兵"在院部（当时叫学部）旧食堂召开大会，宣布本单位党政领导"靠边站"，其芳竟还坚持要参加领导工作，说："我毕竟是所长嘛！"这使我们外国文学所被召去旁听的同志直感到哭笑不得。他后来在"干校"也是认真工作——养猪。

所以毫不足怪，1938年春，以其芳为主干，我们在成都自办一个小小的半月刊，就定名《工作》。我现在记不得在何其芳、方敬和我三个人当中究竟是谁首先想出这个刊名的。我想即使我首先提出，那也是完全根据其芳的一贯精神，而方敬又喜欢这个名字，他后来在桂林主办过一个小小的出版社也就叫"工作社"。办那个刊物确是其芳抗战工作的鲜明起点，开始不仅在言论上而且在实际工作上，全心全意转入抗战工作和革命工作的转捩点。创刊号记得开头第一篇文章就是其芳的《论工作》。

创刊号，根据我现在借到的前后不齐全的四期推算，应是出版于1938年3月16日（每月1日和16日出版）。刊物严格说不是同人性质，言明撰稿各人文责自负，但有一个共同目标——宣传抗日战争和支持社会正义。撰稿人极大多数是从沿海各地，特别是从沦陷后的北平和即将被敌占的上海（包括租界），先后初次到或重新回到成都的文教界人，以四川大学为中心。1937年夏末，方敬和朱光潜（孟实）先到，朱先生被聘任为四川大学文学院长。我和芦焚在"八·一三"前夕，从浙南雁荡山下来，8月14日经绍兴到杭州，接着在空袭警报声中，在满载南下逃难的普通老百姓的火车拥塞中，逆流而上，以半天一夜的时间，好容易奔回了上海。我在租界里的李健吾家寄住了一些日子，9月初乘长途汽车，沿苏嘉铁路线，绕行至南京，然后乘船上溯至武汉，承朱先生招去四川大学教书，记得是10月10日到的成都。后来也到四川大学的还有罗念生等。大约1938年初，其芳也从万县到了成都。我们几个人，包括原在四川大学外文系当教授的谢文炳，商定办这个小刊物，自愿每人轮流出四块钱对付每期纸张（通常用作手纸的浅黄土纸，当时在成都不是惟一；最流行的日报《新新新闻》也就用这种纸）和印刷费用。我最初是执行编辑，后来顾不来，只存名义了（刊名下注出的通讯处"成都四川大学菊园"即"皇城"内我和朱孟实、罗念生等所住的单人教员宿舍）。校对、发行全是偏劳何其芳、方敬和其芳的妹妹等人。

刊物是十六开八页，没有封面，仅在第一页靠右边（因系两栏直排）一通栏长方条内，上格用大字印刊名，中格用小字四行注明每期出版日期、编辑、发行者、通讯处、定价，下格印本期号数和本期目录。这是早年在北京大学文学院（即尚存的沙滩"红楼"）传达室寄售的《语丝》的形式，更像后来1930年废名、冯至等编的《骆驼草》的格式，也就是完全像次年其芳（和杨吉甫）编的《红砂碛》的样子。刊物由来稿性质决定，除了第7期发表过其芳著名的《成都，让我把你摇醒》这首诗以外，全登散文，有杂感、随笔、报道、通讯，也偶有短小说。文章内容最初多记述从沦陷区或即将沦陷区冒险出来的切身经历，也有报道战区的目击情况，后来较多描述祖国大好风光，揭露社会阴暗侧影，抨击后方时弊。撰稿人在上述几个人以外，还有先后到成都或原在成都的邓均吾、周文、沙汀、陈翔鹤、刘盛亚、陈敏容、顾绶昌、周煦良等人。

其芳是刊物的主力，差不多每期都有他的文章。文风从他的《还乡杂记》开始的渐变来了一个初步的突变。与思想内容相符，他的笔头显得开朗、尖锐、雄辩。我只在开头发表过一篇小文，没有发表过别的写作。每期或长或短都有我在1937

年春住西湖西泠桥北陶社（当时芦焚住孤山俞楼）译出的纪德小书《新的粮食》。我从上海出来还把这本译稿带在身边。《新的粮食》就是些贯串起来的说理、抒情、随感的短则散文（偶尔插入一二首小诗），可以断续发表，正适于给刊物凑篇幅、补白。纪德发表《新的粮食》是他在30年代中叶举世瞩目的一度思想左倾的标志，虽然他不久又发表了《苏联回来》，引起进步人士群起攻击为再"转向"，我认为，作为螺旋式发展的向上一个孤线，总是可珍惜的，不仅有历史意义，而且也有教育意义。也就因此，后来在1942年我还在陈占元主持的桂林明日社出版了这个译本的全部，并附我写的较长序文。当时作风、文风的一点不同，也就预示了其芳和我1938年暑假一同去延安，一同主要抱经延安去前方一行的愿望，而他就留下来工作（虽然他在1942年延安整风以前，还在《夜歌》一类抒情诗里直率表达了当时青年男女知识分子残存的一些内心矛盾），而很少曲折的前进了，而我到了那里，虽然思想上也大有变化，在延安访问（和参加临时性工作）并在前方主要是随军生活（和参加临时性工作）总共一年以后，以有"后顾之忧"，还是坚持"按原定计划"，回（原定暂回）"西南大后方"。

其芳思想、作风上的变化，原比我急剧。他在北京大学上学期间，虽然已在1931年初（？），在《新月》上用笔名（"萩萩"和"禾止"）发表过诗与小说，和所谓《新月》派人并无往来，接着在《现代》上用"何其芳"名字发表了几首诗，立即成名，也和《现代》派人没有接触。他除了关在银闸胡同大丰公寓的一间小屋子里读书、写作以外，最初只在北京大学、清华大学等的四川同乡以及李广田和我这个小圈子里活动。我虽然也不好活动，不善活动，但在1934年和1935年间，在郑振铎、巴金挂帅下，因为协助靳以单枪匹马编《文学季刊》（全国最早的大型文学刊物）及其附属创作月刊，已在北平与上海之间，保守学者与进步作家之间，开始交往自如，因为我常拉广田和其芳协助我帮靳以看诗文稿，其芳也才稍稍活跃。他两次还乡，对社会实际开始产生了不同的反应（早先至少对北伐战争的幻灭，我们这一代青少年也总感觉到的，其芳也不例外)，写起《还乡杂记》来就和写《画梦录》不同了。但是大学毕业后，虽以在天津南开中学教书（靳以介绍去的)开始，却还是以1936年到胶东半岛莱阳师范教书(吴伯箫拉去的）才显出了进一步的思想转变。

　　1936年除夕，其芳是和我一起在青岛过的（现在想起来该说是冷冷清清的,当时却毫无此感)。我当时住小青岛对岸一个德国人开的消夏旅馆,正值暑后休冬闲,由看守的中国人廉价租给我一个房间,日夜埋头,以两个月工夫,一鼓作气,特约(实为自选)为中华文化基金会编译委员会,到年底译出纪德长篇小说《赝币制造者》(翌年初整理一下就到北平交稿,结算稿费,还多出一笔足够我还优游大半年的生活所需,后来全面抗战爆发,全稿被编译会丢失了)。其芳趁学校放阳历年短假到青岛看我,带来了不少著名的莱阳梨。他就在我那个房间里住了几天。他对我闲谈的主要话题,就是他所接触到的莱阳学生及其家庭使他惊讶不置的贫困生活条件。但是忧愤情怀,还是被刚在耶诞节和平解决"西安事变",造成全国各地人民欢腾的爆竹声里的吉庆气氛压倒了一时。

战争把我们许多人推移到成都。1937年秋到次年初春,"下江人"和原出外工作或学习的四川老乡初到或回到成都的还很少。成都在许多方面还保留了古旧风光。青羊宫的"花会"、草堂寺的门联"锦水春光公占却 / 草堂人日我归来",还能观看舟楫畅行的望江楼、门口常停了几辆军政要人的小汽车的北门外临江开设的陈麻婆老豆腐店等等,确还对我们远离炮火连天的

"下江人"具有吸引力而同时会引起内心的不安与乡愁国忧。当时成都物价还低廉,即使我们难得光顾"不醉无归(成都人戏称'乌龟')小酒家"、镇江楼(成都人嘲为"镇猪楼"即"敲竹杠楼")等一流饭馆,什么"吴抄手""赖汤元""邱老糟""王胖鸭""矮子斋"等等也使我们常得以品尝道地风味小吃。然而,例如至德号,敞开"餐厅",展示有名的粉蒸牛肉一小屉一小屉接成一根根毛竹笋似的丛列在蒸锅上,尽管也吸引我,我是浅尝即止,不是因为味道不好,只因为桌子下有饿狗穿腿,桌子上有乞丐伸手。而清雅的少城公园茶座,桌脚边往往见一堆积到寸厚的浓痰也实在令人呕心。我们在"蜀"而实在难以"乐不思蜀"。四川出了那么多新文学大家,但是这里不仅抗战空气没有吹进来,连"五四"启蒙式新文化、新文学运动好像也没有在这里推得起微澜。所以其芳从万县到成都后,我们就考虑自办这个不限于宣传抗战的小刊物。

《工作》这一类刊物,在1938年春夏间的成都还是第一个,也是仅有的一个,所以销路不错,起过一定的影响,可惜我们无力多印。

而作为主力的何其芳给刊物写了最直接、犀利的文章。例如，当时初传周作人在北平"下水"，《工作》刊物同人中想法就不同。有的不相信，有的主张看一看，免得绝人之路，有的惋惜。其芳感觉最锐敏，就断然发表了不留情的批判文章《论周作人事件》。不久事实证明是他对。刊物办到三个半月，我们把其芳写的《成都，让我把你摇醒》放在第7期头条发表。但是我们并不是革命组织中人，没有直接受过党的教育，不是党分派我们做"大后方"工作的，终觉在这方面力有不迨，自己还需要"摇醒"呢，终于把"摇醒"成都工作留给别人了，到第8期就发表了休刊声明。

休刊实在也因为我们顾不来了。其芳积极托周文、沙汀联系，心不在刊，我也跟着做出行准备。其芳在少城公园学过几个早晨骑自行车，我跟四川大学一些同事南游峨眉山，也心存练习爬山的不告人念头。刊物停了，其芳和沙汀夫妇（沙汀爱人是黄玉颀）以及我，一行四人，在8月中一个已略显秋意的凉飕飕的早晨，登上了去西安转延安的旅程。

1982年11月20日

《冯文炳选集》序

人民文学出版社特约了冯健男同志为他叔父编一卷《冯文炳选集》，要我在卷头写几句话。这又是我作为后死者义不容辞的任务，且不论我够不够资格来担当和胜任与否。健男同志先曾找我恳谈过，提出了这个建议。的确，和他叔父历史较久的文学界相识，尚在人世的已寥寥无几，俞平伯、朱光潜等老先生都年逾八旬，就算我这个七十四岁人最年轻了。

废名生前，特别在抗日战争前，好像与人落落寡合，实际上是热肠人。我在1933年大学毕业期间，在沙滩中老胡同他住处和他第一次见面，从此成为他的小朋友以后，深得他的盛情厚谊。他虽然私下爱谈禅论道，却是人情味十足。他对我的写作以至感情生活十分关注。1937年1月我从青岛译出了一部长稿回北平交卷，就寄住他北河沿甲十号前后两进的小独院，用他内院两（小）开间起居室一角的一张床。他寒假回南省亲，留下一个老仆看守，也预先允许我让莱阳回北平的何其芳（可能是回万县一行的中途）在他家和我一起住几天，就用他内间的卧室。不久我也南归，未再北返，北平沦陷了。全面抗战爆发后，我到内地，转辗各处，从成都到延安，从太行山到峨眉山，最后在昆明教书六年，只知道废名早回了黄梅家乡，情况和地址不详，八年失去了联系。直到1946年，我随南开大学复员北返，才在北平见到他一两面，见到他十分高兴。后来我应邀去英国，从天津到牛津住了一年半，北平解放，我回国到北京大学教书，见到他更兴高采烈。但是当时我们不同系，大家都忙，很少接触。1952年夏院系调整，我被分配到北京大学文学研究所（即今中国社会科学院文学所和外国文学所前身），当时正在筹建期间，我得机参加中国作家协会集中学习，然后下江、浙农村参加农业合作化试点工作近一年。废名北调至吉林大学。我们从此未再见面，由于我一向懒于写信，也未通音问。他病逝在"文化大革命"期间，我事后很久才听说，更不清楚他的卒年月日。我们相处的日子实在有限，彼此也不相寻问身世，所以我本来不大知道他早年和避居家乡期间的生涯，也不大知道他的晚景，只是总信得过他的晚节。

废名过去似乎极赞赏陶渊明所说的"读书不求甚解";我则天生不是做学问人,读书不求甚全。即使个人偏好的古今中外大小作家,我没有读完过全集,只有莎士比亚原文著作可算是例外。抗战期间,我以在大学教书当职业了,在这条路上不得不向上爬,才对有些专题多读了一些书,得鱼忘筌,也就当敲门砖抛开。1952年我从讲堂转到学院,总得做研究工作了,我才先下乡也带了一卷本莎士比亚全集,在插手奔忙农村生产"组织起来"的工作,时期较长,总有余暇,第一次读完了全部,回来才反复从面到点,参阅各家评论和提供的考证材料,算是钻研了两年(至于《红楼梦》、托尔斯泰的三部长篇小说、巴尔扎克等单部头长篇小说名著,当然不可能不读全)。废名的小说诗文,除了《莫须有先生传》,我本来也没有读过多少。

现仕健男同志精选了废名近三十万字的各类著作,并对他的生平作了较详的介绍,我就又情不自禁,不惜在亟待完成的本职工作及其他社会义务等交迫的困难条件下,见缝插针,通读了稿本,借以加深认识,温故知新。

回想起来,我的已故师友中,有两位为人著文,几乎处在两极端。而我和他们的私人关系和对他们写作情况等的看法，由此及彼，首先就有些难解难分的地方。这也许不免出人意外吧。

我都是在南边中学时代就读过他们二位的一些作品：徐志摩的第一本诗集（线装仿宋字体本）；废名的一些早期短篇小说。大约1930年废名和冯至同志办《骆驼草》（开本像早期《语丝》的小刊物）。我出入北京大学第一院（即今旧"红楼"），在大门东侧小门房，每期必买（一期只花几枚铜元），开始欣赏其中经常刊登的几章《桥》或《莫须有先生传》及别人的一些诗文。

废名比徐志摩小五岁，我又比废名小九岁。徐在1916年至1918年在北京大学读过书，废名现在知道1922年暑后就上了北京大学预科（两年），后来进了英文系，中途辍学，到1929年暑前才毕业。我恰好正是1929年暑后北上进了北京大学本科，也是英文系。所以我们三人也可以说是先后同学。徐1922年回国，好像也在北京大学讲过一点学甚至授过一点课，废名想来没有听过；他还刚进预科。徐在1931年初北来北京大学英文系教书，也就教到了我，我应称是他的"及门弟子"，只是仅到当年11月19日他就坐飞机失事去世了，他要新月书店出我一本诗集，也就告吹。其间他经常奔忙于平沪之间。我在班上见到他和偶在教师休息室门口和他面谈几句，通过几次信，只有一次约在地安门内米粮库他所寄寓的胡适家客厅侧室晤谈过一阵。废名和我相识较晚，是在1933年5月我出了一本小书以后。他和我却交往较久，虽然抗战期间八年失去联系，后来也曾有一年半隔在海内海外，最后十几年分处关外关内，信都未曾通过，想不到也就从此永别。徐志摩写给我的一些短简上有时客气地称我"弟"（实亦即"弟子"），废名对我从不应我称他为长辈，给我写信，总还称我"兄"。他对我却也是亲切的，大约见我入"道"无缘吧，就送过我一部木版《庾子山集》（这部书现在早不知去向了）。

徐志摩才气横溢，风流倜傥（虽然从小戴近视眼镜），因是名家，照片流传甚广，确就是那个榜样。他出身于浙江硖石大镇的富商（现或可称民族资本家）门第，留学美、英，特别在文化界上层，交游极广。相反，废名是僻才，相貌"奇特"（似为周作人语)，面目清癯，大耳阔嘴，发作"和尚头"式（非剃光），衣衫不检，有点像野衲，说话声音有点沙嘎，乡土气重。我初进北京大学，老同学中常笑传他用毛笔答英文试题。他们两位和我从不曾谈及彼此。我可以设想,如果废名见过和听过徐志摩的外表和谈吐,也会像鲁迅一样的不会喜欢,虽然他极称赏他的一位旧同学,不久比徐志摩更早夭的年少翩翩的梁遇春(秋心),赞赏他的才华、他的文采。北京大学过去曾有过闻名的两派,《现代评论》派和《语丝》派,徐志摩倾向于前者,废名接近后者,也很自然。抗战胜利后,废名回北京大学中文系教书,作新诗若干讲,我当时在国外,不知其详,近年来才知道他关于我也作了一讲,开头竟说,本来应该讲一讲徐志摩,见了我的《十年诗草》,讲了我,也就可以不讲徐志摩了。废名对徐志摩的偏见,从此可见一斑。

徐志摩在思想上是大杂烩,前后也多变,变坏变好,都有表现和苗头。废名在解放前,特别在抗战前,似曾以他独特的方式,把儒释道熔于一炉。我记得1937年初在北河沿他家寄住期间(在他回南以前),曾认真对我说他会打坐入定,就是没有让我看过(他想必是在左边一头卧室里做的功夫)。而他向我一再推荐过《论语》,把孔子和孔门弟子的交往及其言行,一扫腐儒的玄化,解释得非常平易近人。他本来一直尊敬周作人,抗战前出过四本小说集和长篇小说,都请他写序。但是全面抗战起来，他就和他的"知堂先生"分道扬镳，自己从敌占的北平跑回南边的家乡，又甩脱打到家乡小县城的日本侵略军，到山村教小学、中学，称赏农民倒都有"日本佬必败"的信心，听到他们赞扬难得到境的新四军，同农民一起深恶国民党"苛政猛于虎"。他不怕外患，但恨"内忧"，敢于在抗战胜利后公开发表的文章里提说，还出于激愤说中国历朝亡国都亡在一部分读书人手里。1949年春我从国外回来，他把一部好像诠释什么佛经的稿子拿给我看，津津乐道，自以为正合马克思主义真谛。我是凡胎俗骨，一直不大相信他那些"顿悟"，又初回解放了的北平，认真做业务授课，又主动做学习补课，也正逢"大忙季节"，无暇也无心借去读，只觉他热情感人。随了日子的过去，现在从他后来写的文章里可以看出，应说是主观上全心接受了马克思主义,热忱拥护社会主义,甚至有点从左到"左"了；他在课堂上，在专著里，也显得理所当然的对鲁迅倾倒得五体投地。徐志摩三十六岁就去世，很难说他日后会有怎样的思想变化；废名的思想变化可就有这么大。

在中国新文学史上，不管人为的吹捧与贬抑，热闹一时或冷清一时，徐志摩富有诗意的散文、废名也富有诗意的散文化小说，艺术上都别具一格，一笔勾销，就有违历史唯物主义和借鉴教导。平心而论，徐文不如徐诗，冯（废名）小说远胜冯诗，此所短彼所长，不能相提并论。两者在这方面截然相反中，却也有一些相通处。同是南中水乡产物，诗如其人，文如其人。徐善操普通话（旧称"官话"和"国语"），甚至试用些北京土白，虽然也还带点吴方言土音，口齿伶俐、流畅、活栩，笔下也就不出白话"文"。冯操普通话也明显带湖北口音，说话讷讷，不甚畅达，笔下也就带涩味而耐人寻味。徐文"浓得化不开"，冯文恬淡。两人为文，有时候（冯在中期小说创作中）却同样会东拉西扯，思路飘忽，意象跳动，一则像雨打荷花，一则像蜻蜓点水。他们都像我的老一辈人一样，从读四书五经出身，徐、冯似乎都不喜唐宋八大家古文，在各自的写作里可以推测，徐倾向于楚辞、汉赋、六朝骈俪，洋洋洒洒，堆砌、排比；冯自己说推崇魏晋六朝文，但从他喜欢《诗经》、《论语》、五古等看来，肯定会喜欢《世说新语》一路文字，偶出拈花妙语。年来听说有人研究废名散文化小说，说有现代西方"意识流"笔法，我认为也许可以作此类比，却不能说他受过人家的影响。徐志摩当然读过西欧第一次世界大战前后盛行过一时，到20

年代登峰造极，或多或少影响到，影响过西方各派的现代小说家，也读过意识流小说老祖宗英国18世纪小说家劳伦斯·斯特恩（Laurence Sterne），自己还显然有意识仿现代英国20年代意识流小说家写过一个短篇小说。废名肯定没有读过，诗文如有西方所说"自由联想"（free association），则中国古诗文也早有这一路传统手法。徐冯二位同好契诃夫小说，徐当然更爱契诃夫的英国现代"高雅"（high brow）文士版的凯瑟琳·曼斯斐尔德（"曼殊斐儿"），冯则未必倾心甚至读过她。他们在19世纪下半期到他们当代的西方作家中，却也有同好——哈代。徐受过哈代诗的一些影响，冯则当然是喜爱哈代的乡土小说。说来也怪，都不显出有多少影响，徐却译过法国波德莱尔的一首诗（发表在早期《语丝》上，所附的一些废话，受到鲁迅的鄙夷），现在从废名遗文里知道他竟也读过一点波德莱尔。当然他在西方文学大家里最推崇的还是莎士比亚和写《堂吉诃德》的西万提斯，那就毫不足怪。

废名小说创作是他留给后人的文学遗产的精华。他的早期小说也可说是乡土文学。早在他以前，新文学史上第一大家鲁迅早期一些小说就已经开了乡土小说的写作先河，诚如健男同志所说，废名也不过是受其"启迪"和"滋养"的一大群小说家之一。这种小说以半封建半殖民地城乡自然经济衰败的社会底层小人物、农业劳动者等为主角或重要人物，出于同情，或念其淳厚不变而含怅惘，或伤其无知不争而冷嘲热讽等等，用平凡、庸俗以至鄙陋的事物材料作出别有一番风味的风俗画或"浮世绘"。鲁迅是大家，废名是奇才，不能相提并论，但是即使对比一下，也能发人深省。鲁迅也曾看出过废名的"特长"，说在1925年出版的《竹林的故事》里，"以冲淡为衣，而如著者所说，仍能'从他们当中理出我的哀愁'的作品"。鲁迅早期写乡土小说，笔墨凝练，好像进行铀浓缩，早有火药味；废名早期以至到更炉火纯青时期，写小说却像蒸馏诗意，清甚于水。他同鲁迅早期的一些小说一样，以南中水乡为背景（他以内地的湖北，不像鲁迅以近海的浙东，历史环境恐也有发展先后不同的因素），却写成了田园诗。他的小说里总常见树阴，常写树阴下歇脚，所以正中由厌恶北洋军阀统治、国民党军阀统治，到厌恶政治以至最后不免"下水"的周作人的下怀——他不是早已老爱捧苦茶在树阴下坐坐吗？周作人说废名写小说并不逃避现实，废名晚年自己忏悔逃避现实，客观事实恐怕却证明他的小说创作也还是反映现实的,只是反映的角度有所不同而已。他在小说里(诗里也一样)常无端插入以点概"宇宙""世界""天下"之类话,好像(实也真是,不过从自我出发)以天下为怀了,认识不深,难于捉摸,有"哀愁"倒是可称"无限",像西方19世纪末一些探索无门的诗人爱用这个夸大的形容词一样。所以经过"呐喊""彷徨",视域扩大,认识深化,发展到30年代的战斗者鲁迅,就说废名"可惜的是大约作者过于珍惜他有限的'哀愁'",不满他"更加不欲像先前一般的闪露""有意低徊"等等了。

分出的两条道路,却也有或直或曲,平行发展的阶段。鲁迅晚年大写手榴弹式杂文、火花怒放的时期,也正是废名放笔写《莫须有先生传》的时期。《莫须有先生传》写得好像很顺手,却不是水到渠成,而漫漫无涯。废名喜欢魏晋文士风度,人却不会像他们中一些人的狂放,所以就在笔下放肆。废名说西万提斯胸中无书而写书——《堂吉诃德》,他自己实真是这样写《莫须有先生传》。他也可以说写他自己的《狂人日记》。他对当时的所谓"世道人心",笑骂由之,嘲人嘲己,装痴卖傻,随口捉弄今人古人,雅俗并列,例如我还记得《莫须有先生传》有一章开篇就说"莫须有先生脚踏双砖之上（北方城乡土俗，窄沟茅厕两旁置双砖垫脚，今仍十分普遍），悠然见南山（陶潜名句）"。废名的"哀愁"当时也还"有限"（实即不着边际，不切时弊要害），但是也自有他的"满纸荒唐言，一把辛酸泪"。就他独特的纯正艺术风格而论，废名的小说，应以《桥》上卷为高峰。《莫须有先生传》是他另一个小说写作奇峰，应说是他的小说绝笔了。他后来宣布不再写小说。《莫须有先生坐飞机以后》，严格说算不得小说，早已结束铅华，记事实、发议论，也就已经显出了他的思想和文风早在抗战八年里"闪露"的转机。

废名写过诗而且偶尔还写诗，我是在30年代中期才知道。他应算诗人，虽然以散文化小说见长。我主要是从他的小说里得到读诗的艺术享受，而不是从他的散文化的分行新诗。他的前期短篇小说和《桥》的一些篇章真像他自己所说，学唐人写绝句。随便举例说，他在《桃园》这个短篇小说里有一句"王老大一门闩把月光都闩出去了"。这就像受过中国古典诗影响的西方现代诗的一行，废名却从未置理人家那一套，纯粹继承中国传统诗的笔法。他的分行新诗里也自有些吉光片羽，思路难辨，层次欠明，他的诗，语言上古今甚至中外杂陈，未能化古化欧，多数场合佶屈聱牙，读来不顺，更少作为诗，尽管是自由诗，所应有的节奏感和旋律感。过去徐、闻（一多）一派诗，别的不说，在他们成熟时期，多数场合，运用口语干脆利落，虽然自有其语言音乐性，"站"得起来，并不"躺"在那，拖沓平板，即使今日有些诗人尽量用所谓"大白话"，除非用并不"普通"的"京片子"的地方，还往往是白话"文"。我自己写新诗，经过一段曲折道路，刻意在实践里也学习这一方面，还感到难企及这两位师辈的这种语言艺术优点。至于懂不懂，我敢肆言至今实际上还不曾好好解决"普及基础上提高，提高指导下普及"的问题。过去白居易诗，"老妪皆晓"，恐怕也是夸大说法。另一方面，"诗无达诂"或者可成一说。但是我尽管了然中国古典诗（词、曲等）以及民歌的一种主要传统，词句尽管随思路跳跃，有如现代西方诗，尽管含义甚或借用西方现成名词来直称中国古已有之的象征意义（或如今日所说的"潜台词"）可以层出不穷，思维总有逻辑，表层的有形语言，总该不含糊，应不招人各一解。中国文言，自有语法，实在有时比白话，更和西方语法最简单的（但也用起来大不容易的）大语种英语倒更多相通处，只是我们的省略（understood）法较多。诗如此，散文也如此。废名对我旧作诗的一些过誉，令我感愧；有些地方，阐释极妙，出我意外，这也是释诗者应有的权利，古今中外皆然。只是知我如他，他竟有时对于其中语言表达的第一层的（或直接的）明确意义、思维条理（或逻辑）、缜密语法，太不置理，就凭自己的灵感，大发妙论，有点偏离了原意，难免不着边际。可能现在是我头脑刻板，倒有点像呼应了西方古典主义的（不是古典名诗的）从严要求。我也从不反对从西方引进的有韵或无韵自由体或从中国"长短句""七言古风"等继承发展出来的自由体白话新诗，也曾常写，现在如有余力，也还愿意写，但是想总该协合中国传统或一种重要传统的特色，要求精炼，尽可能用说得上口的活的语言，写与散文节奏上有别的诗行。一方面新格律探索，也很重要，那又当别论。虽然过去我一直尊废名为知己的师辈，辱承他赏识和关怀，认作忘年的知交（不在乎常在一起，常通鱼雁），我在这里对他的诗与诗论坦率发表我的不同意见，就算是批评吧，他若尚在人世，我敢信决不会见怪。

废名论诗如此，其他从他独特的实践中产生的文学理论，依我看来，也大有可商榷处。他从不趋时媚俗，哗众取宠，从不知投机为何物，所以他晚年激进，决不是风派，却有时一反自己过去的作风，不加自己的独立思考，几乎"闻风而动"，热肠沸涌，不能自已，于是乎旧时的妙悟、顿悟、擅发奇论甚至怪论的思想方法一旦与感人的新事物结合，我看不免有不少离谱的地方。他不幸没有活到古稀，现在不像我老而不死，还得学到死，反比我年轻得多，我回顾他晚年的一些议论，反倒觉得天真可爱。话虽如此，他晚年论鲁迅、论杜甫，却也不时"闪露"一些真知灼见，是经验中人所能道，创作过来人所能道，非纯学者所能道，亦非任何他人所能道。

说来也可能出人意料，作为小说艺术家的沈从文老先生（只比废名小两岁）产量不小的创作，我读过不多。现经健男同志提及，才知道他早年曾经自称他写"乡下"作品"受了废名先生的影响"。我认为所谓"乡土文学"，不限于写农村题材的文学创作，应说是带地方色彩的创作，特别是小说，或者与所谓"（大）都会文学"相对立，我可以推而广之说，不限于乡镇小邑，还包括过去日趋凋敝没落的一些历史文化名城，甚至包括一些大都会的带有地方特殊气氛的城郊。而且我更想说，这还决定在（角度尽管不同）共同基于同情心来写社会底层小人物、各种劳动人民，以至贫苦无告者，甚至在大都市也罢。我赞同健男同志说这条路在新文学中的"开创者"，"只能是鲁迅"。废名自己也是有意无意首先受鲁迅的影响，也许受废名直接影响的许多人，同时也多直接受过隔代"开山老祖"的熏染。人家说受废名影响的一串名字，我不知道有没有师陀。我这位老朋友特别在跑不出"孤岛"从此定居上海以前的"芦焚"时代的早期小说，我相信同时又兼受过废名的影响。和废名家庭出身不同的何其芳早期写散文作品，似乎也受过他的影响，影响所及甚至超出《画梦录》的部分篇什而跨入了一点《还乡杂记》的界线。我的现在还是老朋友的一位北京大学和废名与我一样的接班同学（一则同在1929年暑假前后，一则同在1933年暑假前后），论家庭出身和废名更不同，在北京大学中文系受过废名批改过作文卷，后来在1936年1937年一度"玩票"写过，用多种笔名发表过的一些散文作品中，少为人知，而至今耐读的散文化小说或称小品，也就有废名式风格。我以上所举三位年龄比我小一些，可称同辈的知名和不知名，去世和尚在人间的中国新文坛"保留角色"和一时跑过龙套的票友过客，受影响不限于废名，许多地方，特别在笔法上，受废名独特风格启迪，起催化作用，我想无可否定。我虽然没有研究过，废名作为"偏将"的独特影响，看不见的好影响，看来既深且广，确会涉及不少人。

这就不得不又扯进我自己。

说来奇怪，有些民俗风习，分布颇广。旧时民间，有时逢婴孩夜哭频繁、显然有什么病，出于迷信，也可能出于无钱求医，常在行人来往的村口镇头，朝空墙上贴一张纸，上书四行"天皇皇地皇皇／我家有个夜啼郎／过路君子念一遍／一觉睡到大天亮"。这例如从"上江官话"区鄂皖边的废名家乡到江口吴方言边缘区我的出生地，都曾流行。1927年暑后我到上海浦东中学读两年高中，有一个假日散步到较远的市郊小镇、在街上也忽然念到了这样四行，回校心有所感，就借此四行，习作了一个短篇小说，后来到北京上大学，就带稿在行箧里，以备修改。大约在1930年，我从《骆驼草》上读到废名的连载小说，大概是在《莫须有先生传》的篇章里，也竟读到这同样四行的"灵符"（大概吴方言"睏"字换了普通话"睡"字。我用笔名后来在北平一家文学副刊上发表，近年来找到发表文一看，总觉太幼稚，决定废弃了），这是巧合。说影响或者过去读过点废名短篇，感染过那里的一些气氛，也没有学过他的文字功夫。1933年我写短诗《古镇的梦》，却有意在诗中戏用了废名的一篇小说题作为一行。这与内容无关，除了同有南中水乡僻地人物事物风貌、与废名早期小说有些相通。1937年春，我在江南，在《淘气》一首现代变体十四行西式中国口语诗里，想到废名小说里提到过的南方共同的一种风习——顽童在墙上写"我是忘八"之类叫行人读了上当，得到启发，以"我真淘气"作结。至于读废名诗作中《寄之琳》一首，我个人非常感动，自然觉得诗写得极妙。原文如下：

> 我说给江南诗人写一封信去，
> 乃窥见院子里一株树叶的疏影，
> 他们写了日午一封信。
> 我想写一首诗，
> 犹如日，犹如月，
> 犹如午阴，
> 犹如无边落木萧萧下，——
> 我的诗情没有两个叶子。

诗末注写作月日是 5 月 8 日，如果我的记忆不错，年份应是 1937，正是我在杭州小住的时候。我好像记得是我转寄给上海戴望舒，发表在他主编的《新诗》"八·一三"前夕的哪一期上。他在北河沿甲十号住处内院里似在砖铺地中间有一棵小枣树。我当年春初离开那里不久，他寒假省亲后北返，我可以设想他在正屋书桌前一个人沉思，忽然间瞥见窗外小树的情景。我喜爱这首诗，因此在抗战时期花三年业余时间写出几十万字草稿而早已作废的一部虚构长篇里，就借这几行真诗大做了一番假文章，开玩笑中，如今回想起来自有难忘的挚情。

要我写序，我也就拉扯了这么些琐屑回忆、这么样说长道短，信口雌黄，又像自我标榜，又像自我抒情，到此搁笔，深感不安。但冀这番噜咤多少有助于读者论者的理解与衡量废名的著作。

1983 年 12 月 21 日

窗子内外：忆林徽因

林徽因（原名"徽音"）在 30 年代初期发表过一篇散文名作叫《窗子以外》。现在我回忆起她（1904—1955），不由不想起这个题目（与内容并无直接关系）。如今我既感到自己多少是曾在她的"窗子以外"或和她同在旧中国的"窗子以外"，又感到更和她同在新中国的"窗子以内"。

就人论，她 20 年代在旧北京上层文化圈子里就已经相当闻名（我当时年幼无知，在南边并不知道）；她成为作家，则是在 30 年代初开始受人注意的。40 年代起，她因长期健康情况不佳，在建筑学及其有关专业以外，很少再兼顾文学创作活动。

她和我相知，开始于 1931 年同在《诗刊》第 2 期用真名发表了几首诗。她年龄比我只大六岁，因为师辈关系，一直被我尊为敬佩的长者（有点像过去靳以和我一些人随早夭的方玮德称方令孺为"九姑",她们确是同一代人),但也是我感到亲切的知己。

1931年"九·一八"事变发生,她在全家迁来北平后,和我第一次相见。那好像是在她东城的住家。当时我在她的座上客中是稀客,是最年轻者之一,自不免有些拘束,虽然她作为女主人,热情、直率、谈吐爽快、脱俗(有时锋利),总有叫人不感到隔阂的大方风度。此后我们相互间一直保持了诚挚的友谊,只是由于行踪不定,生涯不同,往来不多。

抗战初期,在离乱中,我倒是在1940年暑假从峨眉山转往昆明后,曾往昆明北郊农村她们家专诚看望过她,也就在她们家住过一夜。1949年春天我从英国回到解放后的北平(当时还没有改回叫"北京"),曾到清华大学看望过她。当时这里人口还远不如现在多,交通也不如现在拥挤,但是大家都忙得很欢,熟人也难得见面。后来我又常下乡,想不到那就是我们最后一次会面了。她去世的时候,我记得是在北京,事后才知道,未能及时表达我的哀思。

我们从1931年上半年到全面抗战开始的1937年年中,在同一个刊物上发表过作品和译品的,除了《诗刊》以外,还有杨振声、沈从文主编，萧乾执行编辑的《大公报》文艺版、朱光潜主编的《文学杂志》、戴望舒主编的《新诗》等，所以彼此倒常在作品或译品里相逢。

内外关系，特别使我想起少为人知的《学文》月刊。1934年初叶公超创始主编了这个月刊，只出了三期。林徽因在这个刊物第一期上发表了她最放异彩的短篇小说《九十九度中》，我则遵师命为同一期翻译了托·斯·艾略特的著名论文《传统与个人才能》。《学文》起名，使我不无顾虑，因为从字面上看，好像是跟上海出版，最有影响的《文学》月刊开小玩笑，不自量力，存心唱对台戏。但是它不从事论争，这个刊名，我也了解，是当时北平一些大学教师的绅士派头的自谦托词，引用"行有余力，则致以学文"的出典，表示业余性质。这用在林徽因的场合似较为恰当。她天生是诗人气质，酷爱戏剧，也专学过舞台设计，却是她的丈夫建筑学和中国建筑史名家梁思成的同行，表面上不过主要是后者的得力协作者，实际上却是他灵感的源泉。我1940年在昆明看望她那一次，在她和梁思成的谈话中，听到他们痛惜从各地勘查、测绘、搜集来的许多中国古建筑资料在天津受到的损失。我过去只知道他们在北方（包括山西）

艰苦跋涉，发现过一些少为人知的古建筑，这次更听说他们在南中也做过实地作业；徽因对我夸赞了苏州木渎镇严家花园如何别致。(1953年我在江、浙参加农业合作化试点工作近一年，重九节在木渎住过一日夜，还记得徽因的话，特别寻访过这个小花园，可惜没有找到。)《学文》创刊，我在1934年亲见过她为刊物所做的封面设计，绘制的装饰图案就富有建筑美，不离她的专业营造学（建筑学）本色。从此我就感到内外互相渗透、互相转化的关系——在林徽因的场合，实无所谓行内行外，而是内转为外，外转为内。文学创作应算是她的业余活动，可是成就证明：她在这方面决不是外行，比大量写作的许多作家，也许更是内行。今日我重读她的旧作，感到与其说像置身在"窗子以外"，不如说像在"窗子以内"。

内外相互作用，在我依稀的回忆中，也勾引起了一点小小的联想。林徽因的散文，在我看来，是并非形式上的诗，不外露的诗。从她的虚构与纪实的作品，主要是戏剧、小说和狭义的散文里写到的人物（不是她自己）可以看出作者自己的出身和修养。这些人物中高门第、养尊处优的少爷、小姐等等都有一点洋气。掌握外国语文、出国留学、国际交往之类就像家常便饭。作为业余作家,林徽因写这些人物,远不是都抱同情态度的,人如其文,也不由自己,显出她自己尽管也有点洋气,决没有这些人物的俗气。林徽因一路人,由于从小得到优越教养,在中西地域之间、文化之间,都是去来自如,也大可以在外边出人头地,但是不管条件如何,云游八方后还是早一心回到祖国,根不离国土,枝叶也在国土上生发。她深通中外文化,却从不崇洋,更不媚外。她早就在《窗子以外》里说过一句"洋鬼子们的浅薄千万学不得"。她身心萦绕着传统悠久的楼宇台榭,也为之萦绕不绝,仿佛命定如此。这不由我不想起西班牙作家阿索林(旧译名"阿左林")晚年写的一篇短篇小说《飞蛾与火焰》。

小说写马德里的一位名媛,和友人回忆起她们六年前到过的西班牙北部一座古城的小方场,怀念那里古香古色的恬静、宁谧,决定再去寻访。但是她每次准备去都被打岔了,由于事务,由于疗养,由于国际友好相约,不得不去巴黎、瑞士、地中海,几经曲折,最后终于到达了目的地。因为小方场已经拆去了一部分,开了一个酒场,酒徒吵架开枪,这位优雅的女士中了流弹,死在那里——死得可惜,也死得其所。这篇小说原是阿索林1929年初版的《蓝白集》(Blancoen Azul)中的一篇，我1935年上半年在日本京都据新出的英译本转译，用原文核校，和其中另外几篇寄国内在《大公报·文艺副刊》发表（林徽因当时也常在那上边发表作品），后来曾一起收入我编印的《阿左林小集》（现全部收入江西人民出版社的修订版《西窗集》）。那次林徽因和我在昆明晤谈，想不到她还记得这几篇译文，向我大为称道阿索林的这几篇小说。这里本来有原作者的怀古情怀，故土衰落感，还有不健康的宿命论，可是我们作为读者是可以有自己的读法和想法的。现在出内外关系、中外关系，我总联想到林徽因，尽管是海外的过来人，总以中土为她的归宿，为之服务，也许可说是中国人特有的优美品质，不过林是表现这种品质的佼佼者，特别高洁者，本身就富有诗意的人才。

内外关系也使我很容易联想到上下关系，又在另一点上勾起了我自己控制不住的跑野马感想。林徽因秀外慧中，出身名门，相对说来是贫困的中国社会里还算优裕的高级知识分子（在西方相应说来还抵不上所谓"中产阶级"文化人）。三四十年代她笔下的人物总不出社会上层的圈子，但是由于品质、教养、生活和时代趋势的影响，作者多半把同情寄托在社会下层的一边。她在《窗子以外》一文中坦率自怨自己圈子里"得天独厚的闲暇生活""叫做什么生活!"自叹跟老百姓总是隔一层窗子。《梅真同他们》这一个剧本里梅真更成了作者热情所集注的主人公。我依稀记得她对我谈过她和丈夫以及一些同事在北方跋涉过穷山恶水,餐风饮露,有时坐骡车,有时徒步,住不讲卫生的客店。这倒是自然接近了实际生活。这是为了工作,不是所谓"体验"生活。尽管是走马看花,这也多少增加了一点她对民间疾苦的接触(后来逃难到长沙,临时住房被日本飞机炸中,死里逃生,更增加了她和普通人民共命运的感情)。同情民间疾苦,本来是中国正直文人的老传统了。(她最初立志学建筑,据说是受英国一位女同学启发,艺术要为人"用",这不是正合杜甫诗"安得广厦千万间"的精神吗?)"五四"初期从外国接受过来的资产阶级人道主义、资产阶级民主主义,在历史上也总多少起过一点反封建的积极作用。当然,单凭这些,是救不了中国,改变不了中国社会现实的。一般文学作品里表现的这一类思想,也就有点幼稚,有点肤浅,但是,尽管已经是写在30年代的,这也多少是一种过渡性质的进步初阶,不仅在历史上是可贵的,而且在今日,只要写得真挚,还能读得下去(就是说还有艺术感染力），也不见得只能起消极作用。林徽因写这些下层人物，由于条件的限制，尽管用生花妙笔，现在读来显得还像隔一层窗子，在他们的"窗子以外"，但是心在他们的窗子以内。这就有助于促成作者日后内外转化的可能性——来一个较根本的变：1948年尾解放军在北平郊外临门，她再不会说"世界仍然在你的窗子以外"，从此在这个世界里带病忙为新中国效力，做出贡献，直到未尽天年而卒，从没有再说"算了，算了！"（引语俱见《窗子以外》一文）。

天下事有变也就有续，从好的方面讲，有发展也得有继承。思想上如此，艺术上也如此，现在我翻读林徽因的诗文，记忆她的生平与工作，我又从1934年她为《学文》设计封面而欣然想起了1949年她参与了我们中华人民共和国国徽的设计（还有天安门人民英雄纪念碑碑座饰纹和花圈浮雕图案的设计）。这事实本身就也说明了很多意义。

1984年5月9、14日

合璧记趣

1953年,我南返江、浙,经年参加农业生产合作化试点工作。我以今属富阳的山村为工作基点,春、秋两度到吴县四乡访问并交流经验。秋天那一次,不仅走访了光福、木渎车坊,而且重住陆墓阳澄湖边的农家多日。一晚在苏州城里滞留,恰巧被接待住旧友张充和旧居——我过去熟悉的她曾独住的一间楼室。当时楼还在,室内空荡荡,还没有人占用过。秋夜枯坐原主人留下的空书桌前,偶翻空抽屉,赫然瞥见一束无人过问的字稿,取出一看,原来是沈尹默给充和圈改的几首词稿。当即取走保存,多年后,经十年动乱,却还幸存。1980年应邀访美两个月,携置行箧,得机重逢故人,当即奉归物主。恰巧充和手头还留有沈老为此订稿寄她的原信,只缺所附词稿。两件经30多年的流散,重又璧合,在座宾友,得知经过,同声齐称妙遇。

前一阵《诗书画》拟向张充和索字，我怕她不轻于应允，就自告奋勇，在经年未通音讯后，贸然写信给她，估计她近来懒于挥毫（正如我经常懒于写信），征询她可否即将此一信一稿，复印寄来应需。不久她回信同意，附来复印件两份，并说明沈信末署"廿日"，应为1944年夏月"廿日"，时同在重庆。信上还说"得失文章事，寸心已渺茫"，自己不关心这些"少作"，而这几首经沈老圈改后，自己又重改过，"鹊桥仙"末句已早改为"凭问取个中消息"，其他也就不管了。

沈信上所说"新词数阕"，实多为若干年前习作。另有以"小轩凉纳千山绿"起句的"菩萨蛮""鹧鸪天""鹊桥仙"三首则是1938年春夏间在成都青城山所作，她给我看过初稿。另外，"浣溪沙"末句"倚舷低唱牡丹亭"，原为"驻篙低唱牡丹亭"。充和曾面告我，过去罗庸教授看了，不以为然：一个"低唱牡丹亭"的闺秀居然撑篙！但我认为充和决不止是杜丽娘式的人物，虽然擅唱"惊梦""寻梦"诸曲，也会撑篙淘气，这倒正合她不同凡俗的性格。不知识者以为如何。

1985年9月4日

冼星海纪念附骥小识

地球的转动真快,音乐大师冼星海,其大作虽并未因时间褪色,其人在世却只四十年,一转眼现在又过四十年整,正逢八秩冥寿了。他在1936年初把我的一首四行短诗谱成歌曲小事,当然鲜为人知。我原先也并不知道。他三十年代刚从法国回来,我从陈占元同志处闻知他才华出众。1938年尾1939年初,我在太行山内外访问与随军生活期间,正好听到了刚传到那里的《我们在太行山上》,1939年春重渡黄河回到延安才听到了《黄河大合唱》,接着又听到了"二月里来好春光……"。也就在这个春夏间,我们开始在鲁迅艺术学院共事相识,夏末我按原定计划回"西南大后方",从此失去联系,没有能通过信、再见过面,深以为憾。

这段短短的私人交往,今年春初,承埋头钻研冼星海生平与工作的秦启明同志从苏州写信向我核对事实，促使我在冗务羁身中重温了一番。结果有了新发现。

启明同志在星海笔记遗稿中见有所谓"西山会议"几句话，其中记下了冼自己参与以外的蔡若虹同志和我几个名字，问我是怎么一回事。这使我想起了，当时鲁迅艺术学院是在延安北门外，东隔马路面临延河，南凭依山修筑的古城墙，西北两面傍山有好几层平排的窑洞。我跟天蓝等同志住山下平坝上作为教室、办公室等的简易平房（当时沙汀、何其芳同志从北路也过黄河去了前方，还没有回来，周扬同志和当教务长的吕骥同志就留我和严文井同志等一起，暂在文学系顶替他们执教）。音乐系的冼星海就住在西山坡上的窑洞之一（不记得美术系的蔡若虹同志是否也住这一排窑洞）。我确是常去那里串门的，却到如今才听说到这个显然是挖苦、开玩笑的怪名字——"西山会议"（历史上国民党一派在北平西山开过的一次会议）。可是我对此满窑欢叙的往事已全无印象了。

记忆犹新的是我在冼住的窑洞里一次和他的单独闲谈。星海当时忽然若有所思，欣然告诉我抗日战争前，他在上海曾按德彪西一路现代风格把我的《断章》谱过歌曲，随即低低地曼声哼唱了一遍。我当然受宠若惊。但是当时大家都正关心发扬民族正气、推进社会正义的斗争大业,实在不好意思偶提个人抒情旧作(为现成的诗篇谱曲也是作曲家的再创造),他没有给我看谱,我也没有请他抄一份给我留念。看来他到延安来也不会带在身边。这个抒情小品,在星海轰动一时、历久不衰的几篇大作的洪流当中,已湮没无踪,我想是理所当然。

然而启明同志这位勤奋的有心人接着却从星海遗稿中发掘出了这个谱子!歌词确是以《断章》为题,注出"卞之琳作词",正文是:

> 你站在桥上看风景,〔冼谱上不用","〕
> 看风景人在楼上看你。〔谱上改用","〕
>
> 明月装饰了你的窗子,〔谱上略","〕
> 你装饰了别人的梦。〔谱上改为"!"〕

题下标:Bagatelle〔小曲〕,并注 Lente〔徐缓〕(带感伤)
题右有字:1936 年写于上海　此曲题名赠盛建颐

据启明同志考证，盛建颐是盛宣怀的孙女，是冼星海回国后第一个钟情对象。

这首短诗是我生平最属信手拈来的四行，却颇受人称道，好像成了我战前诗的代表作。写作时间是1935年10月，当时我在济南。但是我常把一点诗的苗头久置心深处，好像储存库，到时候往往由不得自己，迸发成诗，所以这决不是写眼前事物，很可能上半年在日本京都将近半年的客居中偶得的一闪念，也不是当时的触景生情。我着意在这里形象表现相对相衬、相通相应的人际关系，本身已经可以独立，所以未足成较长的一首诗，即取名《断章》。第一节两行，中轴（或称诗眼）是"看风景"；第二节两行，诗眼是"装饰"，两两对称，正合内涵。

这首诗最初收入我在1935年底出版的《鱼目集》（后收入《十年诗草（1930—1939）》，"文化大革命"后收入我的《雕虫纪历1930—1958》）。《鱼目集》出版后不久，朋友刘西渭（李健吾）以他向来的生花妙笔，评论到这首诗；辱承揄扬，我当然感激，只因他没有注意两节诗的对称安排，偏重了"装饰"而又从贬意来解释这个词，因此引起了我和他的争辩，后来我以此抱憾，悔不该自己出来说话。

这首诗从三十年代到今，荣被选入各种中国现代诗选，也带来种种不同的议论。去年据黑龙江省两位中学生给我的信上所说，他们的一位老师说这首诗没有意义，可是这两位中学生就不同意那位老师的说法。我也就没有作复，为自己辩护。这首诗惆怅的情调是有的，当年我听冼星海自己曼声低哼他据此谱成的小曲，也许因为是外行，我听不出伤感，可是现在见谱上明明注了"带感伤"，我想人家这样"接受"，确也未尝不可。星海借我这首诗（可说是"借他人的酒杯"）来谱曲，也就是他自己的抒情性创造，完全有理由恰当发挥，我也不仅能接受，也能欣赏。

现在大家纪念冼星海，我提起这件小事，也许人家会认为我对冼不敬，说我"杀风景"，那也就听之。我敬崇星海，他兴之所至，为我的小诗作曲，我也感到荣幸。我相信时间，相信读者和听众，相信他这番谱小曲信手偶成，决不会玷辱他自己。我也相信秦启明同志的毕生钻研会得出辉煌成果，那也只有再一次证实冼大师声誉与创作本身的不朽。

1985年11月12日

题王奉梅演唱《题曲》

——冬日为"传"字辈昆剧家纪念演出传响

〔戏代楔子〕《题曲》主题诗原文:

> 夜雨幽窗不可听,
> 挑灯闲看《牡丹亭》。
> 人间亦有痴于我,
> 岂独伤心是小青!

1985年11月14日纪念海内外已故"传"字辈昆曲艺术家专场演出成功,特别是姚传芗高足浙江昆剧团王奉梅演唱《题曲》,倾倒四座,"曲终人"更"见",竟使老朽(舞台演艺欣赏的外行,西剧文学研究的冬烘)也作了并非礼节性的鼓掌。

我成为昆曲"门外迷",也远超过半个世纪了。《题曲》吟诗一段唱腔,向来令我神往,虽然我过去既不知小青姓乔,更不知这折戏出自《疗妒羹》一剧。抗战初期,流离中我受一位朋友所托,珍藏她原先用铝盘自录所唱几段名曲,包括《题曲》吟诗一段,后来历经劫乱,居然幸存,可惜都已锈坏。1980年访美,又承老友用磁带把她后来唱的几支曲段转录了送给我带回国,其中也就有《题曲》这一段吟诗徒唱。半世纪以前同一段灌片听起来也哀婉动人,娇嫩一点,正显得年轻呀。后来这一段录音,显出功力到家,有点苍劲了。岁月总会给艺术家的艺术带来矛盾性的损益。

老来我反而越发事繁,想到赶工作来日无多,全无闲情逸兴去游山玩水,更不说应邀出国游方吹牛,看戏当然也不在其内。市隐蛰居,这次好不容易,撇下忙迫的千头万绪,专诚出窟去剧场,却正欣逢生平第一次看难度极大的《题曲》演出,又正逢王奉梅同志恰到好处的演唱,大饱眼福耳福,快如之何!

作为折子戏,《题曲》编写本身,别具匠心,表现读《牡丹亭》、题《牡丹亭》,戏中有戏,把汤显祖名剧的精华撷英浓缩,几乎全熔于一炉。更难得王奉梅同志这位年轻演员居然演唱得炉火纯青，一立、一坐、一挥袖、一举手、一投足、一挑灯、一展卷、一握管，形随音转，身段闲适，蓄势而传神，吐字板眼清晰，含而不露而韵味悠长，近乎天衣无缝。至于扮相秀丽、戏装素雅，犹属余事。整个演唱就是一首优美的诗，中国诗传统的一个方面的形象化。

复古不足为训；民族气派，却不容置诸脑后。我现在，就艺术倾向说，好像成了保守派，倒不怕仍戴"现代派"帽子，这和祖国社会主义现代化实属两回事，却也一脉相通。不保持与发扬我国优秀一方面的民族风格，我们绝不可能跻身现代世界文艺前列。王奉梅同志《题曲》演唱本身可称为一篇"纯诗"（过去我倒一向不赞同借用这个外来术语）。但是这在今日就正富于教育意义。目前国内也不乏新流行歌曲佳品，可惜庸俗、低级趣味的东西在社会上泛滥成灾。我并不蔑视"下里巴人"而只求"阳春白雪"，因为中外古今皆然，文艺名著中往往雅有俗意，俗有雅味。莎士比亚和汤显祖两位同年逝世的戏剧家，也正是两者俱备，藻饰有时也难掩肉感，俚词也常露灵气，都无关宏旨、不伤风化。我们现在不正需要大力建设精神文明吗？我们欣欣向荣的花花世界里，蛮性遗留、兽性发作的言行，似也时有所闻，时有所见，触目惊心。文艺家应算文明人了，更应警惕。

在文艺界，另一方面，不仅不知鉴别、盲目照搬洋花招，还跟一知半解的洋人一起，片面把舞龙灯、跳狮子、放爆竹之类，总之还谈不上"打击乐"的"闹"尊为中国文化的惟一特征，再加以洋化、"现代化"，滥用激光添彩，乱用天旋地转镜头。恕我辈老朽实在跟不上"时代节奏"，受不了时髦噱头，尽管我们还能欣赏关汉卿北曲里的多字快板句和现存吴歌叙事诗中的多字密集插句。应承认代谢是正常规律，无可厚非。这里却不见得只是"代沟"问题。如其噪音会成污染，色相错乱也会；要是不只少数人不甘参与创造错乱世界，愿建立和谐秩序，那么容许人得空间或看看听听像王奉梅同志演唱《题曲》那样的容与、端庄、潇洒、大方、蕴藉、亲切的中国风度与气派如何？

她的《题曲》演唱，是有典型"书卷气"的，而昆曲艺术，恰到火候处，不仅生、旦，即便净、丑，同样可以有"书卷气"（此说非单为"臭老九"抹粉自明）。这种剧艺，有时自不免有"儿女情长"的幻梦情节，和"矫如龙翔"的架式表演，我相信不会就导致正常青年"英雄气短"而偷鸡摸狗，甚至沦为男盗女娼。这种潜移默化的美感教育，为转换世风，比诸痛心疾首，大声疾呼,当更易见效。

当然,这场《题曲》演唱也总有疵可求。我也有一点外行的怀疑,吟诗唱到"岂独伤心是小青"的末一句,就泣不成声,把尾字吃掉了,这是否为增强戏剧效果而割舍乐调完整?可是我再一想,这种处理也许可以做到无声胜有声吧?

回想 30 年代初期,一位英国少爵爷审美名士,执教北京大学,第一个向西方介绍新诗的,就无场不看北昆剧团演出,当时,还无缘看到南昆穷班子来北平。我偶尔随朋友去广和楼或吉祥戏院看北昆演出,总会碰见他坐在前排,同时也就迎对了台上陈旧行头里的卖力献技、幕布上仅绣的古诗两句:"不惜歌者苦/但伤知音稀",和全场三四十听众共同做了这两句诗的图解。所幸旧中国和新中国的一些苦难日子不可能再来了,如今南昆北昆携手协作,海内海外业余曲友大力支持,可以期待曾被陈毅元帅称为中国二三百年来各地方剧种渊源的昆曲艺术,从一度濒临灭顶中重振起来,焕发青春,为两个文明的建设立新功,促进文艺创作各部门(包括话剧、电影、电视)相互切磋、共扬国格的纯正新局面、新繁荣。

〔尾声〕步原字原韵,间拗平仄,杂套杂拼,叠词叠意,颠三倒四，滑舌弄腔，作为蒙太奇、对位音，以硬骨撑柔肠，以欢欣冲哀怨，戏和《题曲》一折主题诗，打油一首。

为明白无误、不容曲解曲伸起见，作注在先：（一）"游园"折有"雨丝风片"等奇妙句；"更"取上声字义，凄风苦雨，人间辛酸，进入艺术，一经升华，即可收美感净化之功、性情陶冶之效。（二）出典有"我是梦中传彩笔"；《题曲》一折戏中有戏，宛似象雕，球中套球。（三）出典又有"江清歌扇底／野旷舞衣前"；孔门弟子"有教无类"。（四）钱起《湘灵鼓瑟》诗有句云"曲终人不见／江上数峰青"，杜甫诗有句云"舍南舍北皆春水／但见群鸥日日来"，亦再套用，借以联想"南""北"交流，前程似锦，春意盎然，指日可期。

风片雨丝怅更听，
欣逢"传"梦巧穿《亭》
舞衣歌扇浑无类，
定见群峰日日青！

1985年11月16日，11月25日

还是且讲一点他:追念沈从文

从文近几年来家居养病,遵医嘱杜门谢客,偶有海内外热情的青年学人闯入看望他,当然还是欢迎,只有听他们表白的崇仰,却常常表示:现在讲他讲得太多了,少讲一点他。

这不是矫情的谦虚,更不是变相的赌气。他平素不喜欢围绕个人的热闹、一阵风的刮到一个极端又刮到另一个极端,他不介意有一个时期内地出版、发表的现代中国文学史、论极少讲他,另一方面也不大看重,近十年来出外而内,情况有了转换。他相信时间,就听任历史自己讲或不讲他以及他工作的得失。他生前遗愿不要为他身后举行任何悼念仪式。时间却马上作出了初步表示:从文的家属和工作单位,尊重他的遗愿,原只悄悄准备在他遗体火化前作小聚告别,消息一传出,却不招而来了八宝山不少的友好和原不相识的唁客。时间也不等人,内地报章上也很快刊出了报道和熟人的悼念文章。以高速度赶写出这些悼文的自有从文当年直接间接培养、提携的文学青年而今是知名的老作家。他们发表的哀思中自有一些话特别对今日的文学青年大可起有益的启发作用。现在追随他们之后，我作为三十年代一开始就最早差不多同样受惠于这位独特作家的晚辈和忘年旧交，现在凭自己的枯笔，也还是稍违他的遗愿，多少讲一点他，除了小抒哀衷，或者还同样有点意义。

从文之所以成为一位杰出的独特作家，首先是因为一开头就扎下了深厚的修养根基，不同凡响：他如他自己所说，既读一本"小书"，更读一本"大书"（社会现实）。他从小身经了旧社会的长期折腾，后来人生旅途上的坎坷就不会叫他怨天尤人。他作为特殊的知识分子经受住了的不少委屈、误解、有形无形的歧视，实际上并非从1949年开始，却从不对此耿耿于怀；另一方面，他受到的称誉，也并非近十年来才开始，他也并不以此沾沾自喜。他眷恋乡土，热爱祖国（他所谓"全民族"），揭陋习，扬美德，既不丑化，也不美化。民族自尊心在他是根深蒂固的，他不会迎合外国人对中国出于无知而来的传统神秘感和猎奇兴趣，偶得海外人的合理称道，决不会受宠若惊，更不会忘乎所以。他对乡土、祖国，在时或运用的嬉笑或冷嘲的笔调下自有严肃的感慨。社会正义感在他是不言自喻的，只是他不习于随时都挂在口头。他也许过于回避了趋时媚俗，哗众取宠的嫌疑。他在轻描淡写的诗情画意下往往隐伏了沉重的今日所常说的"忧患意识"。（顺便说一句，比诸他偶尔写的一些诗，我个人更喜爱他大量的包括小说在内的散文中的"诗"）他在1936年写的《边城》题记最后说他"预料到整个民族在变动中带来的难于抵抗的灾难，以及在重重灾难中，促进了全民族的觉醒和新生"，可见他倒是多少有政治远见的，后来不是言中了？

最初，从文对国家、社会新面貌的突然出现，也许事先还缺少充分的精神准备，可是他随即适应了困难的物质条件。他对民族新生的信心并没有动摇。随后他把工作热忱转移到埋头研究文物史上，虽然是出于不得已，却也符合他的民族自豪感。后来到1957年人民文学出版社出版了《沈从文小说选集》，他受到了鼓励，接着曾跃跃欲试，想重振文学创作旧业，只因他在文物史研究上发挥了才华，做出了辉煌的成绩，在这条路上走远了，不易改弦易辙，同时年岁不饶人，也难让他读一本新的"大书",从中汲取创作的源泉,不久和大多数知识分子一样,在"文化大革命"中被糊里糊涂遣送到所谓"五七干校"——不是他自己早先说的那个"永远无从毕业的学校"。他完成出版的《中国古代服饰研究》是一部可说是辉煌的科学巨著,它的成就比任何文学创作更易得到大家的公认。只是,我曾在自己的小书《布莱希特戏剧印象记》(初稿曾连载1962年《世界文学》,修订单印本出版于1980年)当中引过布莱希特戏剧《伽利略传》的这位主角,在被教廷软禁中完成了一部科学巨著后,对自己的门生说的一句话"没有一部科学著作只是一个人能写",就此引申说"即使他不写,(迟早)也会有人写"。文学作品总特别具有个人特色,不是另一个作家可以代写,从文没有能再出文学作品,总是不可弥补的损失(虽然写出来也不见得不待以时日,就立即得到大家一致肯定的评价)。

从文晚年仍关心和寄希望于文艺青年,是可想而知的。因为他从二十年代开始自己被徐志摩、郁达夫等推上文学道路以后,从三十年代初就开始一贯热心扶植文艺青年,不论在分内(例如在教室内)在分外(例如在编辑室外),一样认真。在他直接间接严格要求的扶植下茁壮成长了不少有成就的作家。

文艺上可能确有"代沟"。二十来岁的青年变成了七八十岁的老人，要紧跟新潮流，不免步履维艰，也不足为奇。据说从文曾随便说笑："现在写小说的条件是真太好了，稍微写得像样子即刻就成名了，写几个短篇就成名。我们那个时候十个集子出来了以后嘛，再写二十个还是习作呢。"这是他开玩笑说的，不能看作他有意贬损新时期新小说家之类。我辈老朽确应该承认，在有些方面实在看不惯新时期的新风。例如出一本自己的创作集就把自己的"标准相"印在书内，动不动就让刊物拿自己的彩色照片印作封面图，这不但一反二三十年代鲁迅、巴金等出书的严肃"古风"，而且轻率的作风还超出今日美国出版界的时髦花招。这不只是形式小节，重要的是，严格要求自己，还是古今中外作家真正出成果所共认的精神，以从文而论，在他写小说已经完全成熟以后，确还称自己的创作为"习作"，这不仅是谦虚，也可说有象征意义：还得等时间考验。

从文辞世后一两天，《人民日报》文艺部就紧急打电话约我写一篇悼念文字，我因向来笔头慢，最近头绪多，文思又特难集中，只好抱憾请他们另约熟人快手写，以免不能及时发表。现在上海《文汇报》派同志特来力促写一点，特别为我放宽了时限，我想还是且讲一点吧。我苦绞欠灵的脑子，着实挣扎了几天，还只凌乱写就了这几句，它们有没有道理，够得上够不上也就算补奉的"心香一瓣"，叨光时间照顾了我的驽钝，现在还得听时间说话。

1988年5月底

赤子心与自我戏剧化：追念叶公超

"啪"的一声巨响，来自课堂里教席桌上，来自教我们大学一年级戏剧课的叶公超老师掌下，同学们初听相顾失色，听多了，往往暗中相顾失笑，给我到今日还留有深刻的印象。

我 1929 年在上海浦东中学毕业，暑后去北平，进北京大学（当时已恢复原校名）英文系。系主任是深受同学敬佩的温源宁先生，他大概学英国一些名牌高级中学在语文学上打坚实基础的榜样，规定第二外语必须学两年拉丁文，法、德语两门中门必修课，还可选修希腊文。头三年除作文、翻译课外，必修英国诗、小说、戏剧。1929 年暑假前，叶原也在上海，在暨南大学任教，听说和校长郑洪年（公超叔叶恭绰的朋友）一言不合就拍桌辞职，重行北上，任清华大学外文系教授，在北京大学兼课。叶先生教我们戏剧课，显然不怎样作课前准备，只是从指定我们准备的一厚本叫《英国戏剧杰作选》(*Great English Plays*) 当中挑几个十八九世纪的散文戏剧（因为从一年级开始就另有莎士比亚戏剧课），到堂上就叫我们同排几个同学轮流合念对话。每听到我们发音或语调有误或不妥，就爆出教桌上那么一声拍案巨响，老实说，我不大喜欢，自然也就没有学好《委曲求全》《弄假成真》等十八九世纪英国喜剧之类，倒是学会了看透人家的自我戏剧化表现。后来在二年级英诗课上和叶老师相熟了，我也就常出城去清华北院他家里看望他。他总热情接待，完全卸掉了无形的脸上粉墨、身上戏装、口里台白——只是我没有亲听过他在家里像对一位清华同学那样，还竟至由畅谈老谭（鑫培）当年而字正腔圆、清唱《打渔杀家》的"昨夜晚，吃酒醉"之类。

公超师教我们英诗课，是代徐志摩，因为志摩在1931年乘飞机失事遇难。好像当时徐还教我翻译课，那就由胡适之先生自己暂代。胡对我的翻译原则，讲究取"信"于内容与形式，并趁机引进些西语句法，例如倒装句（我们口头说话倒往往实有的），或偶用文言前置词，例如用"于"代替白话"在……里""在……上"以应英语的"in""on"之类，使我们的语言在保持纯洁性条件下增加更多的丰富性、伸缩性，颇不以为然，有如他不喜欢我的诗风。相反，我在英诗课上却颇得叶师嘉许，就像过去徐师对我一样。而徐师在英诗课上，据我后来忆及，大致像他自己在作诗一般，海阔天空，驰骋文思而总不外乎讲19世纪浪漫派诗人，尤其是雪莱，我甚至没有听到过他讲哈代，更不用提托·斯·艾略特了（记得他曾写过一首诗，题目下还标明拟这位英语现代诗人，其实一点也不像）。我则在学了一年法文以后，写诗兴趣实已转到结合中国传统诗的一个路数，正好借鉴以法国为主的象征派诗了。是叶师第一个使我重开了新眼界，开始初识英国30年代左倾诗人奥顿之流以及已属现代主义范畴的叶慈晚期诗。我特别记得他在堂上津津有味教我们《在学童中间》一诗，俨然自充诗中已成"头面人物"的叶慈督学，把我们当学童，在我们中间寻找变成当年幼小的女孩了茆德·岗（Maud Gonne）一副稚气的面貌而感慨系之。

叶公超接编《新月》杂志，实际上使刊物面貌已大有改变。诗歌方面发表了更多除了语言风格、实质上已非《新月》派正统诗格局的作、译。我就在他经手下发表过从尼柯尔孙（Harold Nicolson）《魏尔伦》一书摘译出的一章，加题叫《魏尔伦与象征主义》；也发表过我的《恶之华拾零》（译诗十首）。后来他特嘱我为《学文》创刊号专译托·斯·艾略特著名论文《传统与个人的才能》，亲自为我校订，为我译出文前一句拉丁文motto。这些不仅多少影响了我自己在30年代的诗风，而且大致对三四十年代一部分较能经得起时间考验的新诗篇的产生起过一定的作用。

公超晚年在《联合报》副刊上发表《我与〈学文〉》一文中说："《学文》同人，除了《新月》的原班人马，新人中有个朱孟实先生"，说"有他参加，使《学文》增色匪浅"。我不记得孟实在《学文》上发表过什么文章（因为我身边早已没有《学文》杂志），最近翻阅孟实自己最得意的旧著《诗论》新版单行本，发现其中有许多论诗律的精辟见解，我过去不记得读过，忽感到增长了不少关于中国旧诗（词）成律的发展知识，发现与西诗律比较及发展新诗律的见解中许多与我在创作实验中得出的看法不谋而合处，也有不少与我的看法对立处。而现在读公超1937年发表在孟实主编的《文学杂志》创刊号上的《论新诗》一文，发现更多深获我心的见解。例如新诗建行单位不应计单字数而计语言"音组"，比孙大雨先生通过长时期实践到30年代开始译莎士比亚才提出"音组"说法似还早一步；又如提出"顿逗"以至"拍"（与陆志韦所提的"拍"不尽相同），以及照现代说话规律几音节一顿的说法，当然早于何其芳和我自己，显然是我受了他说法的启迪，而我竟忘记了十几年前一定读过他这篇文章。同时我从朱、叶二位的这两篇文章中增强了我曾在1953年底在一个诗歌形式座谈会中提出白话新诗也可以有"诵调"（说话节奏）与"吟调"（是哼唱而不是歌唱以至"徒唱"，是 chanting, 不是 singing）的论据。我现在认为这两篇文字，与已故王力先生《汉语诗律学》1958年前未删节本一起，正是不应被写新诗者与研究新诗者所忽视的，而正因为受了忽视，中国新诗的发展才受了巨大的损失。《论新诗》一文不仅是叶先生最杰出的遗著，而且应视为中国新诗史论的经典之作，虽然也还有不少可商榷处。

我接触到可归入现代主义范畴的拆台派（debunking）传记文学，也是首先通过叶先生的介绍。我在他主编的《新月》杂志上读了他的得意弟子梁遇春谈斯特莱切那篇"绝笔"，感到确如编者按语所说，远胜过当时英法一些报刊应景的悼念文章，才起意译《维多利亚女王传》的，当时用美国退还庚子赔款成立的中华教育文化基金会新设编译委员会，由胡适主持，约稿所付稿酬较丰，分每千字十元、七元、五元三级，我们大学初毕业的青年一般译费只得三级待遇，在上海文坛也就是最高级稿酬了。梁实秋给他们用散文翻译莎士比亚戏剧，则不计字数，每本一千元！1934年上半年我纯靠零星翻译西方文学作品给报刊发表维持生活，秋后也想沾这点油水以稳定生活。可是我虽还短期当过胡适翻译课的及门弟子，不敢直接向他申请特约译斯特莱切《维多利亚女王传》，还是由也曾在北京大学教过我英文戏剧课的余上沅老师为我推荐，才准予先交译样几段，经过手下人挑剔审查后，我又亲去在胡先生面前据理力辩，终于成约。公超则答应等我译完后为译本写序。为了使中国一般读者方便起见，我到北平图书馆查资料，制订维多利亚女王夫妇英、德两方面王室世系图和女王治下的历任首相表，因为忙于编《文学季刊》的附属月刊，拖欠每月译稿定额太多，不得已在1939年暮春忍心把编务都推给能干的靳以一个人，自己躲到日本京都去赶译，夏天译完全书后回北平交稿。现在不记得是交公超写了译本序转去编委会还是我直接交去，但声明等叶先生写了序一起送上海商务印书馆。抗战开始后我在前后方跑了两年，

1940年夏天到昆明，经友人买得相赠我译的这本《维多利亚女王传》（由长沙或香港商务印书馆出版）。一看，里封面原著者英文名都印错了一个字母，叶序没有倒也罢了（因为叶暑后休假去美国，可能没有写），把我自制的世系图、首相表删掉也罢了，竟把我好不容易译出来的原书所附的参考书英、法、德文全名表也割掉了。我一生气，也就置之不理。抗战胜利后，这本书基本上就以这副面貌在上海商务印书馆一再出版，没有找我联系送过我一本，听说还在我所有的译书中最为畅销。"文化大革命"后重经友人从旧书摊上又买到一本送我，我据以找原文校改了一遍，补译了原书本有的参考书详目，自己写了篇译序，1980年在北京三联书店出了新版。

瑞恰慈（I. A. Richard）也许可以说和艾略特一样，同是无意中成了后来盛极一时的新批评派的先驱者之一，1929年由北京大学和清华大学合聘来任客座教授一年（后续在燕京大学教书），好像是出于也是剑桥出身的温源宁先生的建议。（当时瑞恰慈在北京大学英文系授四年级文学批评课，我初入学时曾贸然去旁听过一堂，当然一点也不懂。）瑞恰慈在剑桥的高足燕卜荪（Willam Empson，中文名就是公超代取的），青出于蓝，日后成著名批评家（早为30年代知名诗人），声誉日隆，远超过其师，晚年还受封为爵士。1937年受北京大学专聘客座讲学，不巧正逢全面抗战爆发，就在平津三大学南迁临时组成的西南联合大学教书，这是由于叶先生的推荐，因为他当时已改任北京大学外文系主任。我1939年初在太行山外一个抗日游击队基地，在尚未去陈赓旅七七二团随军生活几个月以前，就一户农家门外的磨石，借温暖的阳光一口气写出了一个短篇小说，是据传闻及当地报纸报道另一场合农民和日本侵略军对答的实录拼凑而成的，富有浪漫色彩，自感好玩，邮寄昆明的友人，不知怎样被转交给了在西南联大主编《今日评论》的钱端升教授，以"薛林"笔名发表了。后来又在那上面，发表了也是我寄去的有趣的几则《西北小故事》。这样也好，正可以平衡我在延安那边的刊物上发表的抗战诗、小说，系列通讯，证明我在全国一致抗日中的不偏不倚。公超也热心抗战，读了这篇短小说（《红裤子》）就把它译成英文，由燕卜荪介绍给英国《人生与文章》（*Life and Letters*）发表了。燕卜荪这个诗人学者据金岳霖回忆说，他曾在蒙自喝酒到烂醉如泥，躺在床底下睡觉。一到1939年9月，大战在西欧也爆发了，他就奔回祖国在 BBC 电台效力，公超也就出任当时的中央宣传部国际宣传处新加坡办事处主任。我 1940 年夏天从四川峨眉山转到昆明改在西南联大教书的时候，他两人都已经不在那里了。

太平洋战争发生后不久，新加坡沦陷，叶绕道回重庆述职，路过昆明，我们在联大教书的前北大先后同学（包括今北大杨周翰教授），勉力凑钱在一家饭馆设宴招待他一次，他很高兴，当然全没有当年在教室里对我们拍桌子的余响了。可是谈他从新加坡沦陷当时在弹雨纷飞中驾小木船渡过马六甲海峡到对岸印尼爪哇的苏门答腊，讲得有声有色，语惊四座。我看出他有点"吹"，断定他在赤子心（爱国热情）上而有点自我戏剧化了。他弃学从仕以后，国内人提起他在海外活动总感到他似有些神秘色彩，我认为这也是他好自我戏剧化的结果。他后来改在英国为当时的中央宣传部任职，据说与英国朝野名流颇多接触，与伦敦的海外活动分子尤多结交，我看倒是人家老于世故，看穿了他自我戏剧化底下无害的赤子心（天真），才与他频繁往来的吧。

当然他做了官特别是外交官以后也不免染上了官场习气——另一种自我戏剧化：摆架子，作外交辞令。我最后一次和他见面，是在1947年盛夏，在南京，在外交部他的办公室。抗战后期，英国文化委员会每年给中国五名旅居研究奖，从各大学各科副教授、教授当中评选，另给二十名进修奖学金考选副教授及其下各科教师。第一批得英国文化委员会旅居研究奖的教授当中，我记得有范存忠、方重二位，他们被邀往英国，分别客居牛津大学与剑桥大学。1945年夏天，日本投降前夕，英国文化委员会新任驻华总代表罗思培教授（Prof. Roxby）前往重庆赴任，路过昆明，经西南联大同事英国作家白英（Robert Payne）为我介绍与罗思培及其夫人晤谈，并找我的英文著译稿向他们吹嘘，提供审阅，当年冬天我从重庆英国文化委员会总代表处接到通知，邀请我次年去牛津大学拜理奥（Balliol）学院作客一年。次年春间我又接他们通知，因五名中国教授中一名客居牛津的因病长期不归，限于名额，把我的行期延至1947年度。我就先复员去天津南开大学任教一学年。第二年暑假，我南返上海，准备出国。我冒着盛暑，前往南京外交部办出国护照。到了那里，想不到"国民政府"虽已不像在重庆时代，不再要求出国学人先到重庆集训一个月，却另立名目，好像与我特别为难，要求我当即在南京找殷实铺保。我在那里无亲无故，哪里去找呢？这真把我难住了。我在外交部大门内踌躇的时候，巧逢里边出来一位年轻外事工作人员向我打招呼，说是我当年在北京大学同系的低班同学，他认识我（我现在连他的姓名都忘记了），听说我为难的原委，就提醒我："找叶先生呀，他是次长嘛！"他给我指点了哪里是叶次长的办公室。我进去了。和他隔一张大办公桌对面坐下。我们重见，他当然是高兴的，可是略一沉思，显然不仅想到我们过去的师生情谊，也想到抗战初期我去过延安，去过八路军在太行山内外抗日的部队（他自己不是译过我的抗战小说《红裤子》吗？），脸色就一沉，当然不会再像当年在教室里拍桌子了，沉吟以后就皮笑肉不笑的对我说："怎么办呢？……那么由我来给你作保吧！"然后又马上加一句："就不知道行不行噢。"我想，既由副部长作保，哪有不行的？这多少又有点耍他自我戏剧化的一套。于是我欣然和他握手辞别。回上海不久，护照果然寄到了。

叶先生对我网开一面的这一着，后来巴不得忘干净。显而易见，自从他当了国民政府外交部长和驻美大使以后，确愈来愈有他的难处。可是就当年在南京相见一面而言，他还是重情谊的，人情味占上风的（也就是我所谓不失赤子心），也可能说是有远见的。放任我辈老实文人随意来去，总无大碍。这可能是从他欣赏自己的得意门生梁遇春谈斯特莱切等文章中无意感染到的一点冷眼阅世的无所谓态度（或如他就梁所说的"幻灭"感）吧。我1982年为《徐志摩选集》、1983年为《废名选集》写序（二序均已收入我的小书《人与诗：忆旧说新》，三联书店1984年版），都拉扯到志摩与废名，认他们是两极端，《语丝》派的废名不会喜欢《现代评论》派的志摩。后来读公超跋《泪与笑》一文，才知道梁遇春写过悼志摩的《吻火》一文，公超曾认为"过火"，废名却说有炉火纯青的意味，使梁"颇为之所动"，这使我不得不改正自己对于叶师在内的四角良好关系的不正确印象。

这也就使我联想到，我1949年2月经香港回到北平，被北京大学抢先找去西语系任教，虽然自知量力，拒不接替系主任职务，终还是不得不负责师生最多的英文组业务，而我到此才认识的燕卜荪（我在英国的时候，他已回中国，重新在北京大学执教），也居然置于我的属下。我常因事找他，有时顺便把自己的英文试作、试译稿请教他，他给我作了字句上的个别修改后，我总感到怎样也不能改得更合我自己的意思，不像我过去在国内外请教英国学人，经他们改过一些字眼无有不是能自己另想更恰当字眼的，真使我由衷佩服他的文字功夫，虽然我还是坦白承认读不大懂他的诗与文学理论。当时我们大陆闭关锁国，运动不断，开明的汤（用彤）副校长和我还可设法照顾燕卜荪，不干扰他的教课与治学，还有两次放他去美国垦垠（Kenyon）学院作暑期讲学，他也如期回来。他安心教到1952年暑假才因为孩子大了，从小和中国孩子一同上普通小学也够时间了，想带他们回祖国受教育，才举家离开了中国。这使我又像上了叶先生颇有启迪的一课：这样放任不仅无碍于各自信奉的实际政治，而且从长期看，甚至有益。

我得到公超逝世的噩耗是在1981年11月在荷兰的莱顿（Leyden）大学。我应邀去那里参加荷籍美国讲师汉乐逸以我为题写论文（后修订成一大本英文专著），得博士学位的授与典礼。在此时际，我一听说这个噩耗，特别伤感。我想正逢身在国外，趁便向台北发一个唁电。再一想，不知道那边是否也像大陆一样照例设有治丧委员会，又不知道他家属的情况，电报该发到哪里呢？无可奈何，终于作罢。

叶先生多才多艺，半途弃学做官，而且做了活跃的外交官，在政治舞台上空热闹一场，依我才疏学浅而如今实已算落后的看不起宦途升沉的文士传统观点看，诚属可惜，不如在原来的本行方面，多结出一些学术成果，更有利于我们文学创作与文学批评的前途。所幸，遗著还在，其中还有不少可供我们今日以至来日略加鉴别而受用不尽处。

想当年他翩翩年少，不失赤子心，决不是"长袖善舞"之辈，只是在教室里能扮一副师道尊严的样子（实反以拍桌子而露馅、曝光），回到家里对自己钟意的门生热情接待，开怀谈天，一卸面具、道袍，甚至无拘无束，清唱几段道地谭腔，风闻到晚年以至身后，虽受识者崇敬，不免有点寂寞，对比之下，倍觉凄怆。他作为暮年"词客"，写一些悼念同事故旧、追忆文坛往事的文章，仍时有真知灼见，不失挚情，只是不得不点缀一两句官场谩骂套话，似可说也属一种自我戏剧化，就是再也起不了当年在教室里初作惊人之举的有效作用了。显然也出于避嫌，一字不及于我，而我对他当年在教室里拍案棒喝，得益匪浅，没齿难忘。现先在列名待写纪念文字的几位作古师友表当中特为提前勉抖早梦生花的秃笔，写几句，略抒缅怀微意，也聊充酬答他当年拍案惊人的一声巨响而回应的轻轻"一声钟、一声鼓、一声木鱼、一声磬"(断章截义摘用徐志摩一首诗的零句)。

1989年1月15—18日

补识：

本文写到一半,我很高兴找到了一本洪范书店版《叶公超散文集》,核正了自己一些已经不可能确记的文字,而所附秦贤次先生的介绍文又补充了我知之不详的叶先生身世和晚年生涯,增进了我的了解,但对叶先生在北平执教时期,也有与我亲历而至今记得的不尽相符的细节。

我想起1980年红叶时节应邀访美两个月,穿梭在中西部大小城市,院校十余处,对洋人卖中国膏药、巡回历程中,结识不少原从大陆或台湾旅美安家的文人学者,相叙甚欢。我在三次抽空去新港(New Harven)看望旧友的行程中,第一次宿新交郑愁予诗人家,谈及叶先生,承转赠此书,携回国内珍藏,因居处湫隘,凡友好以至不相识好心人新赠著译,一律不愿如在"文化大革命"初期那样不得不把一大部分纸面书和要求撕掉硬封面才会接受的书从阳台上向收废品车倾筐掷之。如今又日积月累，大半无法上架，即随隙地乱堆，幸北方干燥，在楼上搁地下也不易受潮遭损，只不易翻寻耳。

这次为写文章寻书，还意外发现劫后尚存的玻璃书柜内高置最上格的一部两卷本乔埃斯《尤利喜士》原著。叶先生在《写实小说的命运》这篇生动的妙文中对这部小说评价不高，说是"奇著，假使装订漂亮，买来看完之后，放在书架上作个陈列品；否则看完了就当便宜的字纸去换取灯（火柴）也未尝不可"。这部书是巴黎奥德赛出版社1932年版，虽非硬布面，但纸张不错，对面装帧灰地印赭字，相当典雅，令我顿时想起，正是叶先生不记得哪年买来看后舍不得拿去换"取灯"，送给我装点寒伧门面的。只是我一直不耐烦读完全书，高搁在不太受尘封的旧玻璃书柜内，夹在一排破旧法文纸面书中，今还幸存，也属奇缘。

其实，所谓"新月同人"文学趣味也绝非尽同，英国20年代意识流小说家中也是如此。维吉尼亚·伍尔孚就批评过乔埃斯后期小说破坏英语纯洁性之类。大致在叶先生执编《新月》杂志时期，该刊登过伍尔孚夫人《墙上一点痕迹》的译文就出于他自己之手。这恐怕是伍尔孚夫人作品在我国最早的介绍,先于我在天津《大公报》文艺版上发表的伍尔孚夫人论俄国小说一文的译文。至于乔埃斯,我也就在1934年译过他最早期易懂的《都伯林人》短篇小说中的一篇,可能是这位意识流小说大家的作品在中国属于最早见诸翻译的为数寥寥的一批(后来与我所译伍尔孚夫人一篇小说一起收入我编译的《西窗集》,译本以1984年江西人民出版社修订本第二版为准)。我同意气魄较小、文字较正规的伍尔孚夫人批评乔埃斯的说法,我还能通读《青年艺术家画像》。好像阿瑟·威利译《古诗十九首》"行行重行行"一诗首句为"on and on, and on and on",就是套用这部小说里一处连续用几个"on"字的办法;而我过去自行废弃的30年代试作长篇小说《山山水水》稿以"行行重行行"作为 motto。试用英文译改的时候也就用韦利的译文,因为正巧合我的小说分上下两编共四部的安排(如今我的一小部分残稿合成一小集叫《山山水水》[小说片断]在香港山边社1983年出版)。我以后再也读不下乔埃斯的后来两本"奇著",特别不敢也不愿碰最后那一本天书。

叶先生主编《学文》，发表过林徽因的小说《九十九度中》。这篇允称吾国早期最像样的意识流小说，与徐志摩也向这方面试过一手的《轮盘》那一篇相得益彰，且尤胜于它，也多少合公超所说同时含写实精神的，我也觉得比今日大陆流行的"意识流"小说道地、纯正，远胜过准荒诞派"新潮""新锐"的时髦梦呓。可能这是我们老朽的落伍偏见，那还是让总是公正的时间去判断吧。

1989年1月19日

人事固多乖:纪念梁宗岱

虽九死其犹未悔。
　　　　——屈原

托体同山阿。
　　　　——陶潜

人事固多乖。
　　　　——苏轼

如果我记得不错,最后和宗岱一面,是在1979年11月,至今十年整了。当时他已有病,勉力从广州由他的夫人陪侍来京参加文代会。他行动不便,不常到会,有一晚我得空专诚去他住的招待所看望他。对比他30年代矫捷的身躯、火花四放的谈锋,见他的衰老,不胜黯然。但是当时住处的灯光欠明,却正反衬出他精神照旧奕奕。他回广州后却听说长期住院疗病了。1983年11月我接到宣布他逝世的讣告,倒没有照例的转辗延误,让我来得及发一唁电。当时特别针对文化界的又一场运动正处高潮,每晚电视台新闻联播节目当中总要插入一位名作家亮相发言,主要抨击文艺方面盲目搬弄西方现代花样所带来的恶果。我在唁电中特意强调了一下梁生前熟谙西方文化,从不崇洋媚外。这不是为梁据事实辩解,因为这次批判的发动,事出有因,只是并没有发展成又一次史无前例的大盲动,他已和许多人一样,幸免又一次蒙冤挨整。1937年平津沦陷,他离北方南下,暂住天津法租界旅馆候船,(据罗念生同志回忆说)曾邂逅一个倨傲的法国权势人物对他肆言中国决抵抗不了日本侵略,宗岱就用法语辩论说中国必胜;后来上街后抄近路回旅馆,也就摩拳擦掌,蔑视法国巡捕的无理阻拦,正好又遇到那个刚受过梁正言顶撞因而反为之深具敬意的法国权势人物出来说话,得以放行。这是自会替他说话而无法加以颠倒,无中生有,妄指像他这样有西方文化修养的知识分子总会对洋人卑躬屈膝的一个有力反证。

至于介绍西方文艺及其顺应时势的现代化主潮,他倒也不仅沾边,而且起过不小的作用,这也是无可辩驳却也无由指责的事实。

今年正逢"五四"新文化运动七十周年,我在这里也就自然想起梁在1933年写的《文坛往哪里去》(今见他遗著《诗与真》一二合集人民文学出版社1984年重印本,页53—61)和1935年写的《新诗的分歧路口》(见《诗与真二集》新版合集,页167—172)两篇文章里高屋建瓴式讲到的一点——(白话)新诗发轫十几年后的趋势,恰与初期的分道扬镳以至背道而驰。究其原因,他指出新诗的倡导者不仅反旧诗(我得补充说,没有突破旧诗的框框来反旧诗),而且把杜甫《秋兴》一类诗都反了(胡适在《尝试集》人民文学出版社重印版页136上说"我读杜诗,只读《石壕吏》《自京赴奉先咏怀》一类的诗,律诗中五律我极爱读,七律中最讨厌《秋兴》一类的诗,常说这些诗文法不通,只有一点空架子"),因此"简直是反诗的",此路就必然不通,而由于对西方诗"深一层"的认识,有所观照,进一步了解旧诗、旧词对于新诗应具的继承价值,一般新诗写作有了他所谓"惊人的发展",超出了最初倡导者与后起的"权威"评论家当时的接受能力与容忍程度。

梁自己没有提他参与了这个更新过程,但那是当时思想开放、较具识见的诗界人士有目共睹的,我不妨也以自己的切身感受来作证。

我在中学时代,还没有学会读一点法文以前,先后通过李金发、王独清、穆木天、冯乃超以至于赓虞的转手——大为走样的仿作与李金发率多完全失真的翻译——接触到一点作为西方现代主义文学先驱的法国象征派诗,只感到气氛与情调上与我国开始有点熟悉而成为主导外来影响的 19 世纪英国浪漫派大为异趣,而与我国传统诗(至少是传统诗中的一路)颇有相通处,超出了"五四"初期"拿来"的主要货色。但是它们炫奇立异而作践中国语言的纯正规范或平庸乏味而堆砌迷离恍惚的感伤滥调,甚少给我真正翻新的印象,直到从《小说月报》上读了梁宗岱翻译的梵乐希(瓦雷里)《水仙辞》以及介绍瓦雷里的文章(《梵乐希先生》,今见《诗与真》合集新版,页 7—25)才感到耳目一新。我对瓦雷里这首早期诗作的内容和梁译太多的文言词藻(虽然远非李金发往往文白都欠通的语言所可企及）也并不倾倒，对梁阐释瓦雷里以至里尔克的创作精神却大受启迪。至于1933年梁以宏观的高度，以中西比较文学的广角，论《象征主义》的这篇文章（最初发表于郑振铎、巴金挂帅，靳以执编1934年初出版的《文学季刊》，后收入他的《诗与真》，今见一二合集重印版页62—83），我至今还认为是他在这方面的力作。这些译述论评无形中配合了戴望舒二三十年代之交已届成熟时期的一些诗创作实验，共为中国新诗通向现代化的正道推进了一步。

时势所趋，我在1930年秋冬之际开始认真（也是出于百无聊赖）试写一些新诗，其中有几首（也有译玛拉美浅白的一二首诗）第二年和梁写给徐志摩的《论诗》公开信（今见《诗与真》合集重印本，页26—46）先后同发表在徐编《诗刊》上（梁信中还提出他和创刊号上发表的梁实秋那篇通信的异议）。徐志摩于当年去世后我又在叶公超接编的《新月》杂志上发表了从英国哈罗德·尼柯尔孙著作中摘译的一章，由我冠以《魏尔伦与象征主义》一题，以及选译的波德莱尔十首诗，虽然那是已在他1931年从法国回来由徐热心向胡适力荐得以到北京大学法文系执教当系主任以后的事情（顺便提一句1934年梁因提出与原配离婚,遭到一向能驯服北大当权人物胡博士的胡太太竭力反对,结果被迫离职,秋后与女作家沉樱结婚,同往日本叶山海滨,赋闲译著,一年后回国,改任南开大学教授至1937年平津沦陷为止)。这些译作的问世,都标志了我和宗岱在诗学上的不期相会,而同被志摩引进所谓"新月"派小圈子,一开头就成为异端。接着我们先晚两辈,人也成相识了,我当时还在北京大学英文系读书,也就偶尔到法文系班上旁听过他几堂课。纪德也是由于他的介绍才开始受到我注意,进而翻译了几部他的作品。其中《浪子回家》一篇好像还请他校核过,而我先从英文刊物继从法译单行本转译里尔克的散文叙事诗《旗手》(最后在40年代初期在昆明西南联合大学任教时期请冯至同志用德文原本校阅过),还先于梁自己的翻译。

也算是东西、新旧交错的时会产生了效应,梁不仅以较早参与引进法国为主的文艺新潮而促使新诗向具有中国特色的现代化纯正方向的迈进,做出过应有的贡献,而且,说来也妙,以他个人的特色,使当时还健在的法国现代两位思想路数截然不同的大作家在他翻译的《陶潜诗选》里有了一番契合。保尔·瓦雷里给他的译本写了序,罗曼·曼兰读了他的译文给他写了一封赞扬备至的信。两位大家都从陶潜作品里发现了他与拉丁诗人维琪尔的接近，虽然我认为中国旧日山林隐逸诗与古罗马田园牧歌的境界相隔得十分遥远，不止十万八千里。罗兰读他的译本甚至惊讶中国心灵与拉丁法国（即地中海法国）之间好像有一种特别的血缘关系。也许是因为法国现代作家（甚至这两大家也难免）对于译到法国的中国旧诗文与身临法国的中国新文人总怀有超出常规的特殊好感与期望吧。

但是我觉得梁从瓦雷里论歌德一文（梁有译文，见他的《诗与真》新版一二合集，页 137—158）似乎比他从瓦雷里的《水仙辞》一诗更多看得见自身性格上、气质上具体而微的（当然远不足与歌德相提并论的）一点映影。梁在瓦雷里论歌德这篇宏文里，既无疑深感到其中不言自喻的追求无尽的浮士德精神的宣扬，也必有所憬悟于自身也就有瓦雷里所指出的普露谛（这是照法文译，照拉丁原文译，应为普罗谛乌斯）或善变因此多面的倾向。

宗岱在 1934 年写的《诗与真》序里说：

> 这几篇文章……是五六年来不同的时期与不同的景况

下写的。作者思想与艺术的演变是不可避免的事。假如精明的读者在这里觉到内容上相当的一贯与风格上相当的一致，那就全仗这一点努力与追求。

这并非作者自诩已经达到或接近他的目标……这目标也许将永远缥缈如远峰，不可接如天边灵幻的云。不过单是追求的自身已经具有无上的真谛与无穷的诗趣，而作者也在这里面找着无限的欣悦了，正如一首歌的美妙在于音韵的抑扬舒卷的程序，而不在于曲终响歇之后。

从1930年左右到"文化大革命"这三十多年，梁在诗与译诗方面的艺术见解，在他自称的一贯中，前后的变化，确乎大为有迹可循。

一、1931年梁在写给徐志摩的《论诗》公开信里就说"我从前是极端反对打破了旧镣铐又自制新镣铐的，现在却两样了"（新版合集，页35）；原先还赞赏旧诗词体中的"参差不齐"（页37），《楚辞》诗句的"字数不划一"（页37）。格律只是用来"磨练自己的好身手"的"桎梏"（《诗与真》二集，新版页171），紧接着就进一步作积极说法——"正如无声的气息必定要流过狭隘的箫管才能够奏出和谐的音乐，空灵的诗思亦只有凭附在最完美最坚固的形体上才能达到最大的丰满和最高的强烈。没有一首自由诗，无论本身怎样完美，能够和一首同样完美的有规律的诗在我们的心灵里唤起同样宏伟的观感，同样强烈的反应的"（页171）。

二、他原先强调"中国文字的单音"说"差不多每个字都有它的独立的同样重要的价值"（页47），后来转认为"一个字对于诗人不过是一句诗中的一个原素，本身并没有绝对独立的价值"（页182），"诗之所以为诗大部分是成立在字与字之间的新关系上"（页182）。他原先着重平仄的重要作用（页36—37），后来同意以"字组"分节拍，把原先的行中一大"停顿"（caesura，法国诗律的一大要素）说改成"顿"（metric pause）"拍"（metric beat）说（页176）。我认为平仄在新诗里还是起作用的，只是在现代白话里有了"的"之类虚字（辅词）紧随的插入，就在字句连缀中不再像在文言旧律诗里那样起作用，而和双声叠韵一类的讲究一样，已不属格律范畴而纯属诗艺范畴了。他后来主张（与他译莎士比亚十四行体诗的实践表明）节拍整齐，字数也划一（页176），我认为这从他早年的主张相反而走过了头了，只有一半道理。"七字至十六字的差异"（页 176），客观时间上的确是并不一致，但是我认为主要以现代汉语最普通的二三单字（即单音节）成组为顿为拍而说出，新格律诗中每行求长短齐一的场合，字数也就自然大致平衡，而不需各行字数一刀切齐。否则（不幸如他所译的一些实例所证明）字数划一了，更基本的节拍反而不整齐了。

三、他原先说"中国诗里跨句亦绝无仅有"（新版合集页 39），接着又改变看法，不但肯定"孙大雨先生根据'字组'（'音组'）分节拍……是通衢"（页 176），而且早寄希望于白话"素诗"（blank verse）（页 44 脚注，补于 1934 年），也就是说肯定了跨行（enjambment）。我则后来一再说中国旧诗词里跨句也有的是（参阅我《说"三"道"四"》一文）。但是我对新诗里用"素诗"体（无韵而每行长短齐一的格律体）进行诗创作，信心不大，怕如果不严守格律，效果正与无韵自由体诗一样的容易松懈。

四、他先认为"相隔三十余字"押韵"根本失去了应和的功能"（《诗与真》新版，页 40），后来转而赞成学写或照原样翻译西方的十四行体诗（他和许多人把西文 sonnet 音译成"商籁",不妥,因为那照汉语拼音就变成 shanglai 了,与原音相去太远),其中照原样押韵,中文里有些地方就得相隔二三十字;而宋词慢调中也间或有相隔二十来个单字押韵的。我认为格律新诗每行长度以不超过四顿(拍,音组)为宜(就像现代英语格律诗每行也倾向于不超过五音步为宜一样),脚韵也就不可能相距太远,不仅交韵应和得起来,抱韵也如此(旧词与现代甘肃民歌"花儿"调里也不乏押抱韵的实例)。

五、他最初翻译《水仙辞》不严格保持原诗的形式,后来转而注意形式来进行翻译莎士比亚十四行体诗的实践,并在理论上指出"翻译",一个不独传达原作的神韵并且在可能内按照原作的韵律和格调的翻译,正是移植外国诗体的一个最可靠的办法(《诗与真二集》新版,页172)。这里我得指出照他以字数划一主张来用法国亚历山大体每行十二单音节译莎士比亚每行五音步十音节诗,就不符他要求的"照原诗的韵律和格调的翻译",所以,借用他自己话来说,这样还只是走向他的"目标"而已。

这些纵向的限于诗形式方面的细微末节的嬗变,并不突出,更谈不上善变,实际上只是朝成熟和健康态势正常发展的形迹,一个作家都有类似的过程。也合乎自然规律，出于人之常情，一个人达到自己一种成就的顶峰，也不免有下坡的势头。举例说梁最初赞同"五四"时期"反对旧诗的许多理由中，只有两个，经过了重大修改之后，我们还觉得可以成立：一是关于表现工具或文字问题的，一是关于表现方式或形式问题的"（《诗与真二集》新版，页168），又说，"我们也承认旧诗的文字是极精练纯熟的，可是经过了几千年循循相因的使用，已经由极端的精练和纯熟流为腐滥和空洞，失掉新鲜和活力，同时也失掉达意尤其是抒情的作用了"（页168—169）。他最初曾说玛拉美"虽采取旧诗的格律（按：中国新诗与旧诗的区别，犹如拉丁文诗与近代英法传统诗的区别之大，还不能引以类比），同时却要创造一种新的文字——这尝试是遭了一部分失败的"，瓦雷里"则连文字也是最纯最古典的法文（按：也不类似我们的文言文之与白话文）。然而一经他的支配，便另有新的音和义，所以法国的批评家，往往把他和魏尔伦、韩波及许多自由诗的作者并称为'机械主义的破坏者'。就是提倡自由诗最力的克罗德尔，也赞他不特能把旧囊盛新酒，竟直把旧的格律创造新的曲调，连旧囊也刷得簇新了"（《诗与真》合集新版页24）。他在抗战期间，在重庆，可又倒退到这一路尝试实践，变形为复旧，以至居然用文言填词，精彩不多，不见得有多少推陈出新的地方。他译诗，经过译瓦雷里少作《水仙辞》的沿用旧词藻与陈腔到译莎士比亚十四行体诗的严谨尝试新格律的高潮，到后来译（或在"文化大革命"中丢失后重译）歌德《浮士德》，也显得有点下坡趋势，不免粗疏生涩（也许最后来不及加工，不足为凭）。

如果，如上所说，梁在艺术观点、艺术修养上的一些纵向嬗变，成就与不足，并不突出，只是正常的发展过程，那么他在后期生涯中横向的一点变化（变出一个与他当行本色不同的活动侧面），则不但不寻常，而且使他受了命运的奇怪捉弄，与之作顶撞的搏斗，演出了一场平凡而实超凡的悲喜剧。

抗战胜利前一年，他避为重庆当局招揽从政，辞了复旦大学教职，远去边陲他童年生活所在的广西百色（他自称的"第二故乡"）。他在那里收拾他父亲死后衰败的遗产。他在继续译书和开始协助当地老教育家为因战乱失学青年办西江学院以外，重温起童年在那里挑箩筐随江湖卖艺人上山采药的旧梦，请教了当地中草药名医，常跟他们一二位再上山采药，早出晚归。他入中年以后有这样的豪兴，是由于他想改他父亲的沿用旧方为另制新药，赶超当时国外新发明的几种抗生素名药如青霉素之类，凭当地丰富的草药资源和自己对化学新发生的兴趣。他经过几年的采集、研究、实验，配制了两种（后来又添一种）主治多种炎症以至"绝症"的药剂，经过慎重的施药临床试用，据说取得了一定的成功。地方一解放，他得到鼓励，兴资改他父亲的旧家业为制药厂，开始拆旧铺，改建化工厂。

这样，他最初从重庆到百色，有点像陶渊明归隐的味道，此刻却有变成为人民的陶朱公的势头了。

那是在1950年。事隔一年，厂还未建成，药已进一步提炼，广赠人治病，据说颇见疗效，树立了名声，因而被特邀参加省人民代表大会，又因积极关注地方福利和兴废事宜，被挂上了省参议名义。可是正因为在专区从下到上较多活动，博得广泛信任，无意中（也与他的制药名声有关）得罪了一位当权专横的新官僚头目，结果被罗织了四百多种大至通匪济匪的莫须有罪状。遂即锒铛入狱，虽然中央当时的文化领导胡乔木同志及时出面干预，要求认真调查，严肃处理，得免于冤枉，但还是直到1954年才终于获释。这样，一度当了挂名省参议，两三年坐了冤狱！

他出狱后，又受省人民医院负责人邀请到他的医院进一步做临床实验。终因人事复杂，据他自述（见他打字油印本《我学制药的经过》）实验虽取得了一些成果，也增加了他一些医学知识，未能贯彻下去。1956年他到广州中山大学再次出任教授，当了外文系主任，分工负责法文业务。当地广东人民医院继续他的药剂临床实验，又因人事变化，改在他故乡新会中医院和人民医院实验取得成绩。不久"文化大革命"又来打断了，他当然也就成"牛鬼蛇神"。家乡病人却还时有通过医院远道前来向他求药，因此在甘少苏夫人协助下，在"文化大革命"的最高潮中，还是私下继续实验制药，自以为终于达到与世界抗生素名药争衡的目标，可是他的药剂至今还未经正式检定，很难说已经尝试成功。

而这里又具有极大的讽刺意味。他在"文化大革命"中，似因备有自制药，经受住了造反派的肉体折磨，而也正因为听说他会自疗，受毒打也特别厉害，九死一生，骇人听闻（详见《新文学史料》1983年第3期甘少苏《梁宗岱简历》和《名人传记》杂志1987年第5期卢祖品《诗人梁宗岱之死》）。难怪他生平不仅最钦佩歌德也最钦佩屈原。我不通医道，也不曾细问、不清楚宗岱最后是害什么病终于致命，但无可怀疑，总还是种因于"文化大革命"中受的潜在内伤。

总观梁诗人一生（特别在处世经历中），我不由不感到他从瓦雷里论歌德的宏文里提到的普罗谛乌斯，加以戏拟，没有学到这个神话人物的善变因而八面玲珑，偏就落到被抓住的厄运又终不是能做预言的神祇，不会凭空以花言巧语给人编一个未来的海市蜃楼讨人喜欢，因此反招致了多乖的命运。他学贯中西，通西方主要数国语言，作为专业，他既涉足文学创作、翻译、教研、编书（据说"文化大革命"后期在中山大学遵命编法语词典），中年以后又跨入医药科学的领域。不论在哪方面，他还有自知之明，自认只是一步步接近而并未达到理想境地。但他在不断追求过程中，不像浮士德，而总自得其乐，常自诩成就（流言说他总自命"天下第一"，连提到夫人擅唱粤曲也向人跷大拇指，想必夸大了，不可尽信；但他的高傲——法文 Orgueil，是否也是从瓦雷里名诗《海滨墓园》里学来的，一笑——确也容易予人口实，那是合乎他性格的，也不必为他讳）。他哪怕在否绝的逆境中，居然还兴高采烈，不顾浮士德与魔鬼有约在先，就只管夸："我对流过的时光可以说：……你这么美好！"就拒学浮士德补一句说:"停住吧!"因此梁(如果可以说也有点浮士德的影子)叫**魔鬼**也奈何他不了,不能马上把他抓走。到此我不妨说倒是他捉弄了**魔鬼**。看他显然是在辞世前不久照的遗像(见甘少苏 1985 年重编梁著《我学制药的经过》打字油印本封面里胶版印照片),尽管似在病榻前不暇整容,却还是那么开朗,显然还不认输,不肯说一句"停住吧"而还是对"流过的时光"说着"你这样美好"。

陶渊明的洒脱和陶朱公的精明,在梁宗岱身上确似兼而有之。当年他离开重庆回百色,不愿折腰,却并非"不为五斗米"而是为政见原则,难怪他不安于"采菊东篱"而径去北山采药,下山设厂制剂,几乎要成为人民的陶朱公了,若不是反沾了官边,得了推动后又坐了冤狱。"文化大革命"中受尽皮肉之痛以后,复职大学教授(据他 1977 年 3 月 ? 日回答我的信说:"我的工作当然还是完成学院的任务,但主要似乎已转制药、施医……"信还幸存)。据传闻他在生活困难中在家里继续和夫人制药以外,还饲养鸭、鸡、鸽,洋洋得意,自封"海陆空三军司令"。他治学治家,两面俱到,应变上又多少略具普鲁谛乌斯风貌,还对人关切备至。1977 年 3 月 2 日,他给我的一封信开头就说:"上次(罗)念生来信,提及孟实、君培(冯至)、其芳……却不及你。我正想知道你的下落。收到你的信,真是喜不自胜!"我当时函告他将飞桂林接我由女儿陪去四川养病的老伴(也是在"五七干校"劳改得的病),绕道昆明回京,我想也顺便初游一下"甲天下"的"山水",再转广州看看熟人,梁就在这封信上接下去说,我"接眷后,绕道来游穗,当然欢迎之至!住处不成问题。学院设有招待所,明窗静(净)几,尚可下榻。院址又在白云山麓,正可供诗人数日之盘桓……"他又详细告诉我如何乘公共汽车到他家所在的外国语学院,第二天又马上写信改嘱我到广州火车站后还是雇三轮机动车直接到学院门前为妥。后来3月25日他又回我信,劝我不坐国内短程飞机,"不保险,不飞为妙"。文艺界人虽不否认他在学术上的成就,往往啧有烦言,说他狂妄自大,但从写给我的这三封短札看来,谁还能否认他非常重人情,对同辈友好和我这样多少是直接受业于他的晚辈,非常关切(听说他有一篇从美国寄回的论文遗作《试论直觉与表现》,生前未及收入他的《诗与真》一二集,谈到当代写诗的一些人加以鼓励,还把我列入其中,可惜我一直没有读到,听取教诲)。他在1977年3月3日写给我的第二封短信寥寥数语后，结尾说"快要见面了，剪烛西窗的机会正多，就此打住吧"，虽然出于一时疏忽，用典可能欠当（因为李商隐《夜雨寄北》有作"寄内"说，亦有谓"寄友"意），盛情可感。可惜后来因事我此行作罢，未能如我在1935年春与我随曾在北京大学的同学友好，当时在日本留学，现仍任南开大学教授的吴廷璆同志从京都同往东京小游，因而到叶山海滨他与沉樱夫人一同旅居的家中做客一夜那样的畅晤。但我对他晚年窗明几净式的开朗心情印象甚深，所以后来在1979年秋冬间北京举行的文代会期间，我在西郊看望他的晚上，在他行动不便的情况下，招待所幽暗的灯光里，一把晤就顿感四壁生辉。这是他在历尽坎坷仍给我留下的不灭的美好印象。这也会永远予我一种鼓舞的力量，即使在风雨如晦，忧国忧时的日子。

1989年9月初在梁宗岱八十六岁生辰左右
动笔，陆续写至梁逝世六周年的11月6日

人尚性灵,诗通神韵:追忆周煦良

30年代中期起,不知怎样,周煦良(1905—1984)与我成了熟人。我们彼此生涯一直相知不深,我最初仅知他是从英国留学回来的,一度参加过蔡廷锴在福州建立人民政权的活动,我们结识当时他是在大学教书。

我们可说是志同道合,但是性格有异,际遇各殊。他深谙旧诗(词、曲),却以不写旧体诗为原则,与我看法完全一致。我在用西方"拿来"的分行自由体诗写新诗的同时,也在译诗实践中探索新诗格律体的道路,他在理论与译诗实践中也不断做同样的探索,这在我们之间又是一致而又不同。各阶段的(因为总是有发展和变化的)有形与无形的结论也同中有异,契合中有相左处,以至我有些地方不了解他的说法,但在我们彼此见面或在刊物上邂逅中从未相与细论。现在翻看到手头仅有的他个别遗著遗译，和幸存的二三件遗札，不由不勾起我未淡的哀思，掀动我日益健忘的头脑，在他去世（1984年元月22日）六周年和八十五生辰（1990年8月）之间，略谈一下他生前与我难得在一地相处的点滴交往，补论一下他谈诗（尤其是诗律、诗艺）所显出的识见与情趣。

煦良一生为人耿直，有时不免狷介，基本上是书生，却有活动能耐，一贯以行动支持社会、国家进步、正义大业，无怪一直是民主党派的高层人物，曾是全国政协委员和全国人大代表，负责一些学会，成绩卓著，解放后常奔走北京、上海，执行使命，沟通中央与地方的意图、情况，几乎席不暇暖（在"文化大革命"中遭受一般知识分子的共同命运，只是我们彼此并不深晓各人的遭遇细节，自不必说了），直至他后来长期卧病住院为止。听说他在住院养病中还继续做学术工作。他在友好中是热情人，虽然也喜欢不叫说几句挖苦话，不怕（实际上也不会）伤了感情。在公私之间，他也乐意做沟通工作，例如晚近读到别人追忆叶以群最后十来年的屈辱生涯的一文，从中得知1958年叶从内部得悉傅聪从波兰转去英国一事，想叫错划右派傅雷放心，他儿子的出走不会连累他。叶自感无能为力，就请与傅雷私交甚厚的煦良去做了安抚工作。可见他尽管口头上会和朋友、同事以至上级顶顶撞撞，人缘极好，凭他难得外露的温情。

1937年，在"七七事变"以前我们交往中有过特别的机缘。他乘春假（清明节前后几天）往北平探亲、访友、谈文，我正已从北平南返江浙（当时上海也属江苏省）转悠，访友、写诗，自由译书（因特约译书已在北平交稿，稿费结余足够我一人逍遥半年），彼此错过见面机会。可是我在上海无住处，正好借用他在真如暨南大学同事李健吾别墅式平房宿舍单人分占的一大间，大约一周内经健吾怂恿、鼓励，从他的法文原本，参照他的英译本，译出贡思当的中篇小说名著《阿道尔夫》；现在得知煦良也就在1937年应主编《新诗》的戴望舒约为霍思曼去世纪念开始译《西洛浦郡少年》。1936年下半年戴望舒创刊《新诗》月刊，把我挂名列入编委，煦良也就在1937年1月出版的第4期上发表了一篇新诗律论文《时间的节奏与呼吸的节奏（一篇对话）》，我当时在云游中没有注意，前几年才承上海复旦大学研究生杜荣根同学给我抄录一份，才读到他在"呼吸"与"时间"的节奏"对话"到最后举我也首先发表在《新诗》上的四行诗《鱼化石》为例，说"恰巧把你我（时间和节奏）都说在里面了"。

其实，更巧的是另一点。我在《新诗》全面抗战前出版的最后一期上发表过《灯虫》这一首十四行体诗（也是我因大战爆发而未能单行出版的《装饰集》的最后一首——后编入《十年诗草（1930—1939）》的一辑），收尾三行是"晓梦后看明窗净几，/待我来把你们吹空，/像风扫满阶的落红"。

翌年，"七七"和"八·一三"后的第二年，煦良也从上海出来，就在武汉旅途中结了婚，也应早离北平到成都四川大学当文学院长的朱孟实邀去教书。他在成都常到孟实与我以及另一些同事共住的菊园单身宿舍来看孟实（朱夫人当时还没有到成都）与我，并在1938年春何其芳、方敬、朱孟实、谢文炳等和我自费编行的小型半月刊《工作》上发表过文章。我向来不会作任何体育运动，就勉强学会打几下乒乓球。当时菊园一个平常总空着的会议厅，备有乒乓球桌，记得煦良（当时还有谢文炳）就和我在那里偶然玩一玩球，他们都真会打，特别是煦良横握拍，令我想起这和中国传统直握拍不同，显然也是从欧洲学来的打法。

当年春天我好不容易把在避乱退隐又即将成为沦陷区的老家乡下的女友催劝"出山"到成都来，重聚以后不久，她还没有安排好工作,而我在暑假开始后一些日子,就得随沙汀、何其芳径自出发前往延安转赴抗战前方一行。事先是悄悄联系的,走前也只有孟实等极少数几位知道,煦良以为我与女友就此分手,私下对我说,想起我1937年春末写的那首十四行体诗的最后三行,不胜伤感。其实他不知我这番出行,并非好像部分为了私生活上的什么挫折,而是多少相反,倒是女友当时见我会再沉湎于感情生活,几乎淡忘了邦家大事,不甘见我竟渐转消沉,虽不以直接的方式,给了我出去走走的启发。方向则是我自己选择的:投身到前方为国家存亡、社会兴衰的现实问题而出生入死的千百万群众中一行,以利于我当时和日后较能起点积极作用,同时也就是接受考验和锻炼,居然能成行,自然会给我引起振奋,而并非给我标志了一种出家式的悲凉(当然在1937年春末,是另一种情况;我与友好中特殊的这一位感情上达到一个小高潮也就特别爱耍弄禅悟把戏,同时确也预感到年华似水,好梦都过眼皆空的结局,深感到自己也到了该"结束铅华"的境地了)。虽然如此,虽然煦良不悉其中内蕴,我深感这位平常显得佶屈不驯以至玩世不恭的刚正硬汉,实为深解清代诗中所谓"神韵"派诗品的"性灵"派人物,使我至今难忘。

事隔一年，1939年8月底，我按原定计划（只是延迟了半年）回到成都。成都变化也很大，孟实曾带头与全校师生反对程天放长校，以妥协告终，自己断然去了乐山武汉大学，全校人事不动，也就是外文系煦良和谢文炳等旧同事，留我暂仍续教实已擅自离职一年的四川大学，利用迁校峨眉山一时还不能上课的空隙，且不去昆明（我的女友已去了那里）。我刚搭乘公家运输卡车从西安南来一路停停顿顿，历时近一个月，确乎疲倦了。到达成都，大战也已经在欧洲爆发，就接受劝告，暂且入山休息一下，静以观变，也正好用我一年来的亲身经历和耳闻目睹的新鲜事物，继续写写什么。我就随学校南迁的先头一部分人员，到得峨眉山，住进山半腰低处的雷音寺，四川大学借用的大小几所临时教员宿舍之一，在10月、11月的金秋季节，完成了《第七七二团在太行一带》的纪实小书的写作和续写十几首诗，足成《慰劳信集》。不久煦良也携家小从成都到了峨眉山，也就住在雷音寺正楼上另一头的房间。这是他和我相处最近最久的一段时间，可是他忙于在一单间楼房里帮夫人料理新到的繁琐家务并同时备课，生活狼狈，难得找我相与论诗。后来学校开课了，我随另外几位同事（包括石璞同志）搬到新生班上课的山下（可望见金顶悬崖的鞠槽小村，离校本部报国寺约有十里路），彼此又难得见面了。1940年快到暑假，尽管我在内地和香港报刊公开用真姓名发表过我在延安和前方写的报道、通信文字，而且与校长带来的年轻秘书之类，结伴同登我于上年就到过的金顶，因为无党无派，无所顾忌，除了具体事物，无所不谈，大概另加上知情同学有意掩护，竟经过一年之久，程天放才从一位本和我相处无间的国民党老糊涂同事的告"密"，得知我去过延安，就停止续聘，我正好要去昆明，也就走了。承西南联合大学不见外，收容我在外文系担任教职，从此与煦良又天各一方，我素懒写信，彼此也长期不通音问了。还是他想得起我，为当时考取西南联合大学外文系的巫宁坤同志写了一封介绍信使我们从此相熟。近从宁坤得知煦良后来在四川大学生活困窘，约在1941年也就离去，不得已回扬州，那里有他祖父，晚清曾任两江总督的，所置遗产，可以利用隐居，直到抗战胜利，率先到上海办开明的综合性刊物《新语》，还曾在该刊文学方面介绍、推荐吴兴华的拟仿传统七律、七绝的新诗。

也就在1946年，我随西南联合大学三校复原北返，作为最早离开昆明的一批师生，由广东、香港，到江南暂停，进行译作，路过上海，临时曾投宿他所暂住的亲属（已故父亲？）老家一二晚。我们没有谈诗，却偶然谈画，我们都喜爱明人南派山水。我提到我从祖父起家传李长蘅（流方）一幅小立轴叫《溪山烟雨图》，已经破烂不堪，他就很高兴地拿出一件李长蘅横幅，好像其中一段即是《芥子园画传》里临摹印制示范的一幅，让我观赏，说是他父亲（曾在上海号称集邮大王的）在民初以一百银洋买到的，令我赞叹不止，足见我们对号称"逸品"的李长蘅文人画，也有同好。我头在对金石书画一窍不通，偶尔提起身边没有图章备取挂号信、汇款之类的实用，他就找出一大盒印石让我挑一块拿去叫人刻字。打开一看，里边几十块琳琅满月，我不识好歹，挑了一块不知是否青田石或寿山石，米色带红晕，顶部有两点红斑，被雕成梅枝上两朵红花，十分喜欢，后来我拿去四马路一家刻字铺刻名，取回来见刻字的竟在石旁刻上小字行书"壬辰小寒北京张志逸"，我觉得糟蹋了印石，一直想磨去，直到前几年承行家朋友告诉我刻字署名者原是北平小有名声的印刻家，在流行的印谱上也有他的作品，不知怎样流落到上海刻字铺工作了。印石至今还幸存，虽仍常作普通用途，睹物总令我不禁思人——煦良。

解放以后，煦良和我在各自业务以外，他作为民主党派领导阶层人物，常往返京沪出差开会，我则喜好到语言方便的太湖流域农村学习和帮助干卑微的实际工作，彼此还是不常见面。虽然我也从试验实践中开始发表新诗格律化的探索议论。现在读他的霍思曼《西洛浦郡少年》译者序，发现他有许多说法深获我心，例如他一方面大讲利用律诗的平仄安排的好处，一方面说"新诗切不能卷进律诗的平仄律里去，那一来就会演变为散曲或自由词"（《少年》页19）。又如他说"我总怀疑律诗以前古诗，特别是古诗十九首那个时期的五言古诗，是读成二三的（不是分裂成二二一）"（《少年》页28脚注），这也正合我和余光中先生讨论旧诗律的《说"三"道"四"》那篇文章当中提到的一点意见。因为我基本上赞同孙大雨先生的"音组"说，不赞成林庚同志的"半逗律"说，有点与煦良相反；过去也忙，我爱作实际演习，不爱纸上谈兵，所以没有注意煦良发表的论诗律文章。1958到1959年之间，我和其芳不约而同被井岩盾为东北《处女地》杂志新诗发展问题讨论专辑参加发表意见，随其芳以"蔑视新民歌"罪名被人围剿而同遭歪曲、挞伐，我汲汲辩正人家的肆意歪曲，后来自认为白浪费笔墨，只把我当初引起误解的那十几条《看法》和后来心平气和，摆事实讲道理答复张光年同志的《在新事物面前》一文的《谈诗歌的格律问题》保留在我的《人与诗：忆旧说新》一书里，而其芳后来在《文学评论》上发表一篇洋洋洒洒，火气太盛，在反"围剿"的雄辩长文以后，约人在《文学评论》上出了一个讨论现代格律诗的专辑，似也有煦良的一篇，我当时实在气还未消，根本就没有读那一辑文章（当然这些文章都会各有道理的，因为王力、朱孟实都供稿了）。我在"文化大革命"后，在1982年写《读胡乔木〈诗六首〉随想》一文评论诗中"顾不上｜对落叶的｜容光｜鉴赏"这一行，说"周煦良同志私下对我说这行不如改成'顾不上｜鉴赏｜落叶的｜容光'比较自然，也就节奏比较明显"。我再也想不起他在哪里对我说的。我只记得在北京校尉胡同的招待所里看望过他（他是民主促进会的领导人之一，不得不常到北京开会），可是1982年，他早已患肺气肿哮喘病，不便出门了。要是在信里谈到的，那么我从"文化大革命"后发还的零星文件中只见三封的周信里都没有提到。

　　我印象很深的倒是1979年在上海开《外国文学名著丛书》

编委会、《中国大百科全书·外国文学卷》创编会的时候，曾由陈占元同志陪同去瑞金路煦良家中去看望过他。记得那天下午煦良夫人病卧内室未曾见面，他自己烤着电炉，哮喘得厉害。他谈了一点"文化大革命"当中家庭内部也受到过一点什么不幸风波，我们也不忍细问。他也马上又谈起诗来了，还是不赞成新诗用平仄律，不再提1937年在《新诗》上发表的"时间节奏"和"呼吸节奏"的见解（那个说法我一直不太了然，只认为适当用"音组"作"顿"作"拍"的格律就包容了他所说的"时间"和"呼吸"的节奏矛盾统一问题）。他这次就又举我的《第一盏灯》为例（他的记忆力真好，四行诗背诵得一字不差），说这就和旧诗绝句截然不同。

煦良是不忌讳直接誉扬朋友的，我身边找出的他写给我的两三封遗札中，1980年一封信里，除了告诉我让我从中国社会科学院外国文学研究所借到的三本关于霍思曼的学术著作（其中有"最好的"曾托傅钟在伦敦找都没有找到，说是已经绝版的一本）另行挂号邮寄还我以外，说看到我们研究所编行的《外国文学研究集刊》第一辑外国现、当代文学座谈会发言中我自己整理成文的一篇《分与合之间：关于西方现代文学和"现代主义"文学》,"觉得很好,不八股,有内容,使我想到 H. Read 的一句话,Clarity of thought breeds(?) clarity of style"。他同时也不避扬此抑彼的实用主义或宗派主义倾向的嫌疑,不客气声言"你这篇文章是在我收到《文学评论》第六期之后;那一期里面的《〈水浒〉研究三十年总评》恰恰是满纸八股;由于我对《水浒》研究感觉到兴趣,才翻开来看,气得我用铅笔在目录上打了两个大×,并且决定不继续订阅该杂志。为此,对你的文章就特别感到喜悦了"。

可是他同时对我也不客气,接着说"《雕虫纪历》读后也想写篇评论,但是冬天来了,我又患严重肺气肿哮喘的人便进入苟延残喘状态,许多写译打算都搁下来了。我总觉得你对自己的诗的成就太谦虚了,先是《鱼目集》,现在老了,应当能客观地对待自己的作品,却还要用什么'雕虫'字眼。这就是我打算写评论的动机。此文迟早要写出来,只是要等精力恢复,而有外来的拉力才行"。

可惜后来他长期住华东医院,始终没有能把此文写出来,不胜遗憾,虽然我认为他不满我这种似乎"不坦率"态度是因为他忘记了我喜欢的莎士比亚《风暴》剧中插曲里人目为海水淘冶成珠的妙语和李贺"寻章摘句老雕虫……"的典故。这多半还是因为缺少"外来的拉力"的缘故。因为解放以来，不论新旧诗作，特别在"文化大革命"以前的（因为"文化大革命"当中我不可能写什么诗的）十七年我三度诚心配合当前形势，真诚（当时达到忘乎所以的程度）写几首诗，虽从文场以外不写诗的有识而不爱招摇的人士获得好评，却不但不讨好文界权威人士，还干"众（？）"怒，置诸冷宫也罢，还无端挨棍子，那么哪个"正宗"文学刊物会要他替我说话，即使说些对我毫不客气的话呢？

我听说煦良在上海华东医院长期治病期间还不断动动笔。我也在报刊上见过他一点小品散文，有一篇好像写他从窗口望见一点蒲公英的青绿带来春天的消息，一篇讲他跟相处甚好护士们商量写几句题词，先用新诗体写了两三行，不受欢迎，后来他忽然想起把它们改成文言一联，平仄调度适当，念起来上口，结果皆大欢喜……这些我都记不清楚了，内容只是似乎如此。

前一阵翻到姜德明编天津百花文艺出版社1984年2月出版的《万叶散文丛书》第2辑《丹》上发表的周煦良的一篇文章，叫《读书小识》，特别是其中第四则关于姜白石的两首七绝，分

析得很好,字数不多,全录如下:

姜夔擅长七绝。集中除《除夕自石湖归苕溪》的四首外,尚有不少佳作,如《送范仲伯之合肥》三首中的两首,就是我想起来就要反复吟诵的。现将两首抄录如下:

我家曾住赤阑桥,邻里相过不寂寥,
君若到时秋已半,西风门巷柳萧萧。

小帘灯火屡题诗,回首青山失后期,
未老刘郎定重到,凭君说与故人知。

按姜夔早年随父亲住合肥时,曾有过一段恋爱经历,使他到老不忘。在诗词中也屡有提及,而以晚年住杭州时的四首《鹧鸪天》写得最为沉痛。这两首是中年之作,且是送朋友去合肥的,情感上比较克制,但也因此而更耐人寻味。如第一首把过去写得很具体,"邻里相过不寂寥",而对目前只是虚晃一笔,既不说"人去楼空",也不说"门巷萧然"，只说"西风门巷柳萧萧"，却给人以萧瑟凄凉的感觉。这首诗可以说是性灵与神韵兼备而有之。第二首也是过去写得十分具体："小帘灯火屡题诗"，一句中包涵多少情趣！接着是以青山不老为誓而未能践约，以刘郎保证重来，并请友人把这句话珍重地带给故人，然而根据作者自己奔走衣食的经验，也明知这句话不过是说说而已。

奇怪的是第二句用了一个俗喻"青山不老，绿水常流，后会有期"，第三句用了一个熟典，而且是不大切合的熟典，应该说不算好诗。但我每次吟诵到第三句"定重到"后，第四句只能读出"凭君"二字便喉咙堵塞，读不下去。难道是因为我知道作者身世比他当时知道的还多，因而为他伤感么？还是因为"定重到"是仄平仄，使我吟诵时不自觉地重（音仲）读这三个字，于是抑制着的情感到了下面"凭君"两个平声字便如开了闸的洪流一样倾注到下面"说与故人知"上？是否如此呢？这里面究竟多少属于主观臆测，确是很难说的。

（《丹》，第162—164页）

煦良这段文字很精彩，所谓"姜夔早年……住合肥时，曾有过一段恋爱经历"，没有确证，也就没有像词学大家夏承焘在他《合肥词事考》中自称"每恨其无确说"，却径说"以词语揣之"，对象"似是勾阑中姊妹二人"，我觉得未免穿凿。中国封建时代，文人名士公开以纳妾蓄妓代恋爱，并不讳言，如石湖（属苏州）范成大赠姜以能歌善舞的家妓小红，姜在《自石湖归苕溪》（湖州姜所寄居的妻家萧德藻宅所在地）四首绝句中就不加掩饰，明写有"小红低唱我吹箫"，而送友"之合肥"二绝中却说"凭君说与故人知"，当然也不会把有往来的"勾阑中人"说成"故人"，我赞同煦良不作此轻率的臆测，而以包含"人间别久不成悲"，"谁教岁岁红莲夜，两处沉吟各自知"等佳句的《鹧鸪天》认为"沉痛"，应称稳重而解意的多情人，犹如他当年虽不知底蕴而为我1937年春末所写的意图（实为故弄禅悟以迎合当时我那位女友的矫情）表示结束铅华的《灯虫》一诗的最后三行那样伤感，应为有过类似的"少年情事"的过来人所能道。只是煦良早年成家以前有过什么或根本有无这方面的经历，已无从得知，我只有为他寄以一样的同情，因为发表《读书小识》

的《丹》辑上在他署名下已标有"遗作"字样,可能他生前就没有看到,现在事过六年,想起来还不胜黯然。

>1989年11月18日到1990年1月26日
>旧除夕,故人逝世六周年后四日

徐志摩的"八宝箱":一笔糊涂账

传说徐志摩有一些"日记"或"文字"不知去向。这是指凌叔华所说的那只"八宝箱(文字因缘箱)"。我1982年为一卷本《徐志摩(诗文)选集》写序,仅就听说林徽因当年争到的一部分而言,说过物随人非(她于1955年病逝),确知在"文化大革命"时期终于消失了,倒并不是出于红卫兵的打、砸、抢。这是我当时特向金岳霖探听到的下落。随后沈从文口头悄悄告诉我当时引起的小小风波,是空闹一场,"八宝箱"的内容,实际上无非与武汉大学的一位女教授有关的一些文字,不涉及疑神疑鬼、提心吊胆的几方女士。我庆幸自己把这桩案件一笔勾销了,还发议论说:"日记、书信,大都只是对于作家研究,可能是有用的资料。社会关系、私生活,对个人也许至关重要,不一定都是文学材料,若不经过艺术过程,具有超出局部的意义,形诸笔墨,可能也没有什么文学价值。"徐志摩的一些"情书和忘情日记或者可以说只是富有文学性而已",它们消失了,"可惜也不太可惜。他的才情还是在他发表过的诗文里得到了充分的表露"。当然,志摩刚步向中年,遽尔飞逝,还可能别有如锦的前程,那又当别论。

我说得轻松,凌叔华的一封信上却明明把我也扯进了这场纠葛,在1979年《胡适来往书信选》中册出版后,曾引起赵家璧先生垂询,我据实答称一无所知,了事。最近人家给我看了1992年11月15日《中国青年报》发表的一篇短文《林徽因与徐志摩的障眼法》,却引起我怀疑"八宝箱"事件不那么简单了;找来《书信集》一看,我发现经我一笔勾销的竟是一笔糊涂账。

先看凌叔华1931年12月10日致胡适信的基本内容:

> 十余天前从文有信来……谈到一点事,当时就想同你说的,不过因为人意颓唐,什么事都不要动……所以直到现在。昨日起,知道说也太迟了,不过我想还是说了舒服些。
>
> 志摩1925年去欧时曾将他的八宝箱(文字因缘箱)

交我看管，欧游归，与小曼且结婚，还不要拿回，因为箱内有东西不宜小曼看的，我只好留下来，直到［他］去上海住，仍未拿去。我去日本时，他也不要，后来我去武昌交与之琳，才物归原主。这是志摩爱惜羽毛，恐防文字遭劫，且不愿世上添了憎恶嫉妒的苦衷吧，我想。今年夏天从文答应给他［徐］写小说，所以把他天堂地狱的"案件"带来与他［沈］看，我也听他［徐］提过（从前他去欧时已给我看过，解说甚详，也叫我万一他不回来时为他写小说），不意人未见也就永远不见了。他的箱内藏着什么我本来知道，这次他又告诉了我的。前天听说此箱已落徽音处，很是着急，因为内有小曼初恋时日记二本，牵涉是非不少（骂徽音最多），这正如从前不宜给小曼看一样不妥。我想到就要来看，果然不差！现在木已成舟，也不必说了。只是我觉得我没有早想到说出；有点对志摩不住。现在从文信上又提到"志摩说过叔华是最适宜料理'案件'的人"，我心里很难过，可是没有办法了，因为说也是白说，东西已经看了。杀风景的事是志摩所恨的。我只恨我没有早想到。我说这事也没有什么意思，我并不想在我手中保管（因此时风景已杀,不必我保管,且我亦是飘泊的人),请你不必对徽音说,多事反觉不好。不过内中日记内牵涉歆海及你们的闲话(那当然是小曼写给志摩看的),不知你知道不?这也是我多管闲事,其实没有什么要紧吧⋯⋯

(《胡适来往通信选》中册,页88—89)

这里所说的一番话就含糊不清。"八宝箱"既经我手"物归原主",在志摩遇难二十来天后如何又"要来看"?从谁那里"要来"?从林徽因处吗?既然"前天听说此箱已落徽音处"了,怎么又请胡"不必对徽音说"?凌把"天堂地狱的案件"处理得这样莫名其妙,沈从文信上所说"志摩说过叔华是最适宜料理'案件'的人",也就像挖苦话了。

胡适自然一眼看出这番话大不对头,搁了半个多月以后,在12月28日才写了复凌叔华信稿(是否把信寄出了,无可考)(《胡适来往通信选》中册,页98—99):

昨始知你送在徽音处的志摩日记只有半册,我想你一定是把那一册半留下作传记或小说材料了。

但我细想,这个办法不很好。其中流弊正多。第一,材料分散,不便研究。第二,一人所藏成为私有秘宝,则余人所藏也有各成为私有秘宝的危险。第三,朋友之中会因此发生意见。实为最大不幸,绝非死友所乐意。第四,你藏有此两册日记,一般朋友都知道。我是知道的,公超与孟和夫妇皆知道,徽音是你亲自告诉她的。所以我上星期编的遗著略目,就注明你处存两册日记。昨天有人问我,我就说,"叔华送来了 人包,大概小曼和志摩的日记都在那里,我还没有打开看"。所以我今天写这信给你,请你把那两册日记交给我,我把这几册英文日记全付打字人打成三个副本,将来我可以把 份全的留给你做传记材料。

如此则一切遗留材料都有副本,不怕散失,不怕藏秘,做传记的人就容易了。

请你给我一个回信,倘能把日记交来人带回,那就更好了……

胡适这样答复,可说义正词严,话却也说得含混不清。既知凌叔华已将志摩日记半册送在林徽因处,怎么又要她交出"那两册日记"?怎么又紧接上来说"这几册英文日记"?凌信已说"内有小曼初恋[?]时日记二本,牵涉是非不少(骂徽因最多)",又说"日记内牵涉……闲话(那当然是小曼写给志摩看的)",那么首先内中究竟是志摩的日记,还是小曼的日记,而"小曼写给志摩看",也用得着写英文日记吗?后来又有人说陆小曼编《徐志摩全集》,听说徐"有一大堆文字存在林徽音手里,又有一大堆存在另一位手里,两方面都不肯交出",无怪"小曼要发怨谁怪谁"的感叹,这更怪了,难道陆就苦于收集不到,因此公开不了她自己的一些日记,那是既不宜林徽因看的,也不宜她自己看的?这不更"多事"了?

幸而我避免多生枝节,没有书面记下沈从文的说法,因为他是小说家,最容易把事实说得小说化。现在排除了这位凭空添上来的第三位女士不知是否还健在,从徐志摩、林徽因、胡适、金岳霖到凌叔华,都已先后作古,口说无凭,看看他们白纸黑字写下的,又这样纠结不清,不知都在弄什么玄虚?前年凌叔华回北京终老,在西郊医院治病,病危前还竭力设法到我们公寓楼背后的史家胡同故居看一眼,可惜我消息欠灵,事后才听说，未能前去看望她，深以为憾，也就未能顺便核对一下"八宝箱"的事实，也是一憾。但是即使探听到了，那还是口说。

《中国青年报》上那篇短文《林徽因与徐志摩的障眼法》是讲1931年上海新月书店出版的《诗刊》第二期发表林徽因首次拿出来的诗创作三首，一首署真姓名，两首署笔名"尺棰"的显然是有所本的抒情诗。徐在编后记（？）里推荐我同期发表的几首诗和林徽因——尺棰的三首诗，相提并论，分分合合，尽了为尺棰——林徽因等同真相掩盖的能事。志摩在那里确乎故弄了玄虚。说来奇怪，到了20世纪，无论东西方，男女的感情生活的授受关系中，女方一般还宁居受方，在投桃报李中，我自"窈窕淑女"，任他"君子好逑"。林、徐都是世界现代文明的通人，都不是封建乡愿，可是徐在笔下还关切这种天性，为人开脱，足证他虽多情，绝非轻薄之辈，对人会体贴入微。

由此想到他的"八宝箱"是否也是耍的花招？布下迷魂阵，跟熟人开个小玩笑，使小说家朋友沈从文和凌叔华都小上一当。不是大家都说徐志摩一直有孩子气，会淘气吗？"八宝箱"内容既有陆小曼的文字，而且"牵涉是非不少（骂徽因最多）"，是作假不了的，一到擅长把事实小说化的沈从文口中可就或者有意开脱熟人，张冠李戴了。可能徐觉得这些材料弃之可惜，不如就给他们写些无责任可追究的小说家言吧，结果沈、凌似都不曾动笔，徐曾扬言要诗化生活，如今要小说化生活，因此也没有落实。这里都是有关私事的有因或无稽的说法，公开出来，不利亲友各方，也就包括陆小曼自己，这样无关局外人的一些文字，让一些有关私人秘藏以至销毁，倒也不失为考虑周详。我们研究徐志摩还是以他的作品为准吧。

1993年12月25日

毕竟是文章误我，我误文章

　　远在1948年尾我离开客居年半的牛津中世纪大学城及其西乡柯茨渥尔德中世纪山村，乘船转经香港，于次年3月回到北平。此后三十年间，虽然在报刊上发表过不少文字，只偶得机缘出版过两卷著译：一是抗美援朝初期印行，随即自嫌其庸俗鄙俚的失控诗集；二是"大跃进"前夕问世，常引以沾沾自喜的莎士比亚悲剧《哈姆雷特》诗体译本。1979年开始，才得以编理出版新旧著译多种。先是着手汇编诗卷《雕虫纪历1930—1958》，按着编出杂类散文卷《沧桑集1936—1946》，后者于1980年交去付排时，曾撰卷头题记，篇末近似自作小结说，早年在上海四马路一家唱片铺觅得几张已成绝响的南昆旧唱片，记得从其中一张听到过一段曲词，有句云"文章误我，我误"什么，什么，曾被我记成了"文章误我，我误文章"而感慨系之。仿佛唱片的一面标有曲段名《扫松》，说不准是否即出此，当即不顾会不会以无知见笑，贸然写信问俞平伯大方家，承老人家亲自函复，答称两句"文章误我"后边，应是"我误爹娘"和"我误妻房"，见《书馆》一出，我才恍然：原来竟出自我从不感兴趣去翻读的宣扬封建伦常的《琵琶记》曲本，竟出自我太不敢恭维的剧中主人公蔡伯喈之口！这个传奇化人物号称忠孝双全，实际上在官场情场两方面都自鸣得意的。到20世纪20年代，留美中国学生把原曲剧改编成英语话剧演出，还荣获梁实秋青睐，亲自登场，饰之以粉墨，赋之以血肉，实属稀世的幸运儿，"误"了他什么呢！

现在，我宁愿从记忆中剔除这个人物太令人不愉快的面目，趁感谢俞平伯为我指出这两句话的原样和出处的时机，捎带提一下当年他的老师知堂老人喜说他的一个笑话：一天这位弟子兴冲冲带了笛师去老师家为他清唱昆曲，不料唱到高亢处，竟然惊起了院中家犬的狂吠，大杀风景，云云。我亲听到此说，是在1934年秋后，当时我协助靳以执编《文学季刊》，主要分担附属创作月刊的编务，找知堂老人约稿，由与他相识的李广田陪去八道湾，承老先生慨允供稿（后如约寄来《骨董小记》

和《论语小记》先后发表在《水星》月刊上,至今还是耐读的小品)。在苦雨斋受苦茶款待,佐飨了这则隽永的笑料,这则并非虚构的新"世说",令人开怀,令人难忘。

至于我引这两句酸溜溜的曲词,则纯属不自量力,妄学人家才子气或者道学派口吻,借以为自己的不成器推诿而已。想当初,先父被赶鸭子上架,为接管祖业而弃学从商,最后在破产前勉力挣扎,因时势所迫,不得不每每趁我放学在家,敷衍教我打打算盘。无奈我天生不会算数,冥顽不灵,而老人家也抑止不住私心的爱好,假托作为遣兴,就在算盘旁边,摊开一本《千家诗》《唐诗三百首》之类,教我翻读,这倒引发了我对有限的家藏词章方面的书籍产生兴趣,也暗自学诌过几句韵语。这可真的促使自己误入迷津,踏上了文章小道,蹉跎此生,因此如今也就多少可以借用人家现成的推诿之辞了。

可是,细细想来,到底文章又"误"了我什么呢?

比如说,我是个曲迷,却总是外行。不管看懂了多少,听懂了多少,就习惯于欣赏昆剧的一般唱腔、舞姿,一些俗得雅和雅得别致的曲词,无论见诸《游园》一类的旦角戏,还是出自《夜奔》一类的武生戏、《醉打山门》一类的黑头戏,等等。

记得小时候在上海逛城隍庙，曾忽然起意买洞箫，承一位内行顾客从旁为我代挑了一枝，带回家却怎样也学不会吹，工尺谱也不耐烦学认，遑论日后会精于摩管去侍候曲家，更无意攀比顾曲周郎，所以在这方面，根本谈不上有什么受"误"。

再如，上小学的时候我放学回家，在家父早年科举落第，改试考洋务又不成的一堆遗迹中，我总是撇开八股文范之类的抄本，而耽展几张印得古拙的世界地图，耽读《纲鉴易知录》简编什么的，一时倒有过长大去搞史地研究的遐想，后来没有耐性去钻研，去自成一家，也只能怪自己兴趣转到了文章方面，也还谈不上为文章所"误"。

长江三角洲，靠近上海一带，曾受西方帝国主义入侵所带来的精神污染较深，甚至在乡间一些地方，哪怕非教会学校，从初小高班就开始有英文课。在自然经济凋敝过程中，乡镇破落户人家往往冀望子弟能到洋人当权的邮务海关机构从业进身，以博较丰厚的薪给。受潮流席卷，先母难撑困顿家境，也就特别鼓励我多学点英文，想不到这却导致我对西方文学的关注。然而我也本不是会从邮务海关出身而成为经世大才的料子，所以也不能怪文章对我有"误"。

凡此种种，似都无从推诿文章误了我什么。说我有误文章，倒有点道理。我幸承师友提携，俨然"少小知名翰墨场"，不免有点飘飘然，反误了我日后自我加鞭，做出一点什么贡献，有负当年长者厚望，实无法作任何别的推托。

暮年萧瑟，为了稍自解嘲，撇开令人令己两不快的琐忆，试举一度倒确曾为文章（《红楼梦辨》）害苦了的俞平伯前辈，和他那位当年还保持清白的知堂老师的一段小插曲，供大家一粲，即使阿Q式聊自提提精神，不好吗？只怕在这个场合，信手拈出这个笑话，可能反弹到自己身上，所以我得声明一下，我还决不至于借此暗示自己的文章是对牛弹琴而徒惹犬吠，那就太不像话了。

就事论事，说来也妙，知堂老人倒真的是被文章所误，应算是舍不下苦茶庵，留连文章光景，1937年北平沦陷，他就是不肯出来，市隐守书城，遁世终落水，从此声名扫地，却又只能叨光过去一手好文章传世了。世事就这样颠三倒四！

再回到我自己，本来当真记错了两句曲词的原文，确是想实事求是，将错就错，即以此给自己作一个好玩的题词，结果却显得出言不逊，俨然像自命已经身历了《人间词话》里用现成词句取譬的人生与学术追索的三步境界，特别从"望断天涯路"跳到了"灯火阑珊处"，不像吗？

弄真成假，反成了虚伪的借自谦以自傲，直弄得啼笑皆非！

善哉，舞台一世界，世界一舞台，人生在世，谁都得不由自己演一下愿意不愿意担当的角色，令人肉麻也罢，可资玩味也罢。所幸，《错中错》总是喜剧，因此到头来《皆大欢喜》，但愿如此。

1993 年 11 月 25—30 日

从《西窗集》到《西窗小书》

我从事文学翻译,不是遵循什么翻译理论指导开始的;要讲自己的文学翻译实践,则是60年的道路好像兜了一圈;始于译诗(韵文),中间以译散文(包括小说)为主,又终于译诗(韵文,包括诗剧)。

具体经历是:1928年我在上海当时以数理教学著称的浦东中学读高二年级,居然有一门莎士比亚课可选修,大约就只一学期,我就在班上读了一本《威尼斯商人》原文。课外,我目识了英国浪漫派诗人柯尔律治(S.T. Coleridge)的叙事名诗《古舟子咏》,为满足自己文学创作的替代乐趣,就悄悄把全诗译出,全长1060行,行对行,韵对韵,自我约束极严。

当时我还远没有了解中国新诗即语体诗,要讲均齐,各行节奏单位(格)不宜用单音汉字数计算(后来才逐渐掌握以音组或顿、拍作为各行衡量尺度及其参差变化规律，自由体当然可以不拘，但也应有此语言节奏及其变化轨迹感）。当时我常犯"土音（吴音）入韵"（朱湘批评徐志摩诗用语）这种毛病（这在我后期诗创作与翻译中时或难免），也不注意分辨原诗阴、阳韵及其在翻译中尽可能设法与之相应。全诗译出了，呆板可知，结果自己以全部作废为快。

1929年暑假后我只身北上进北京大学，在浦口换火车，恰巧换到和同车厢也初次去北平上清华大学的钱锺书对座，他旁边坐的是他的亲戚高昌运，已是北京大学二年级学生了。几十年后钱还记得（我自己忘了），笑说我当时手头带了一本赵元任译路易士·卡洛尔（Lewis Carrol）儿童文学名著《阿俪思漫游奇境记》（或《镜中世界》？）。可见我当年对文学翻译的癖好。

我开始在北京大学读英文系。在一年级英诗课上，一位美籍兼课女教师用陈旧而仍通行的《英诗金库》作为我们的教本，主要选讲其中后几辑英诗，亦即19世纪浪漫派及其殿军维多利亚时代诗。我在堂下就随手选译了所听讲到的一大部分，仍像在中学时代译《古舟子咏》一样严格依样画葫芦，也乐于随译随扔，同时在系主任温源宁亲授的一年级莎士比亚课上读了

《仲夏夜梦》。也就自己以严格的形式相应的要求下，曾在课余，一鼓作气，通译了一道，随即毁弃。

1930年秋冬间我试写了一首自由诗，和稍后译的爱尔兰戏剧家约翰·沁孤（辛）一首格律体短诗，先后投寄给杨晦编的《华北日报副刊》，于当年11月和次年元月先后发表了。这就标志了我文学创作与翻译的正式同步开始。

当时在班上从一位瑞士籍兼课教师学了一年第二外国语法文课以后，居然能从原文自读波德莱尔开始的法国象征派诗了。到1931年徐志摩从上海回北京大学教我二年级英诗课，在班上主要漫谈雪莱诗的时候，我的读西诗兴趣，已经从英国浪漫派方面转到法国象征派方面。他把我一些习作诗带去上海给《诗刊》等刊物发表，也把我译的玛拉美短诗《太息》发表在《诗刊》第3期上，那就是道地象征派诗了。（这也可见徐志摩、闻一多以及叶公超编《新月》等刊物的时候，在诗艺方面都襟怀宽广、不拘一格。）

1933年大学毕业后，我不愿再接受考试，例如考公费出国留学，拟以文学翻译为职业来维系文学创作生活，只缘同年在清华大学毕业的朋友万家宝（当时已写了《雷雨》还没有发表的曹禺）去保定育德中学教了一二星期高中三班英文课，就称病回北平，拉我去代他的教职，不得已去代了他，薪高课也重，堂下改每周一次作文卷，又不肯马虎，身体可真顶不住了，到寒假结束，就干脆辞职回北平，从此就开始文学翻译生涯。

写诗不能想写就写，译诗材料现成，但也总是字数少，翻译报酬也就有限，我开始经常为杨振声、沈从文主编的天津《大公报》文艺版译零星文字，主要就是英美及东西欧现代散文，都可称"美文"的散文诗、散文小品、随笔、短篇小说，也译过维吉尼亚·伍尔孚（Virginia Woolf）的一篇评论文，译题为《论英国人读俄国小说》，也曾给《新月》杂志从哈罗尔德·尼柯孙（Harold Nicolson）研究魏尔伦的一本专著中译出了一章中的三节，加题为《魏尔伦与象征主义》，并选译波德莱尔诗十首（《恶之华拾零》），1934年上半年应叶公超命给《学文》创刊号译载艾略特的著名论文《传统与个人才能》；也曾为林语堂主编《人间世》译过马丁（E. M. Martin）的随笔《道旁的智慧》。都是用我译诗的要求来译散文，不限于"美文"，特别在句次字序上力求紧贴原文。

也就这样开始了译整书。1934年秋后，我协助靳以执编《文学季刊》，分工主管附属创作月刊《水星》，从出版月刊的文华书局领一点微薄的编辑费，接着承也在北京大学教过我们英文戏剧课的余上沅推举给胡适主持的中华教育文化基金会编译委员会特别译书，经过译样审定，准予译我自己提出的斯特莱切（L. G. Strachey）现代传记文学名著《维多利亚女王传》，报酬较丰，这就成了我生活资料的主要来源。

这种特约尤为难得的是：定了书，不管在什么地方译，按月预支一定数目的酬金，译完全书交稿清账。

我主编《水星》文学创作月刊 6 期为 1 卷，估计预支译书稿费数与译出字数比较，积欠太多，不得已把月刊编务也偏劳能干的靳以驾轻就易，一个兼顾，自己就在 1935 年 3 月底去生活费比北平还便宜的日本京都（当时从天津去买船票就是，不需办签证手续），集中精力，闭门译书，进展顺利。我同时在那里还从容译了一些法国现代诗零篇，补译了纪德《浪子回家集》中的另几篇"解说"，西班牙阿左林的又一些小品零篇和小说章节。

当年夏天回国交特约书稿，北平此时已不仅是边城，"华北特殊化"，处境日益危殆。《文学季刊》和《水星》，不得不停办。

由靳以到上海与巴金另办《文季月刊》(后又改刊《文丛》),我又只好应李广田约,去济南再教中学一年,1936年暑后才又获编译会特约译纪德长篇小说《赝币制造者》。我秋后在青岛海滨,住德国人办的休冬闲的避暑旅馆埋头两个月,每日10小时突击翻译,到年底译出了全书二十多万字,回北平交了稿(后在北平沦陷期间被编译会全部遗失),算了账,大有积余,足够我南返江浙,逍遥大半年,会友,写诗,自由译书。我在清明时节,在真如暨南大学宿舍借住,受李健吾怂恿,并提供法、英文原材料,一口气译出了法国贡思当(Beniamin Constant)的中篇小说《阿道尔夫》。暮春在杭州西湖陶社闲居,写诗之余,译了纪德《新的食粮》,夏天转去浙南海滨雁荡山才续为编译会特约译《赝币制造者写作日记》和中篇小说《窄门》。基本上译完了,在山中得知"七七事变"爆发,平津沦陷,赶回到上海,已是"八一三"以后三天了。和北平编译会觅取联系,接到了驻会秘书,也是特约译书,也是北京大学英文系毕业生的一封信,说现在"树倒猢狲散矣",我很不高兴听说"猢狲"二字,从谐音听起来太难堪,我是不甘自称胡适的徒子徒孙的,从此断了联系。从此不得不又去教书。

这次是应已经从北平流亡到成都在四川大学当文学院长（？）的朱光潜约，去当讲师教大学一年级英文。我从1937年10月到1940年暑假，在成都和峨眉山的四川大学教了两学年。中间一年，计划去抗战前方走一圈，1938年暑假随沙汀、何其芳去延安，在那里停留访问了两个月，另与吴伯箫等从南路过河转往晋东南和太行山内外访问、随军，次年春天再经延安按原计划回"西南大后方"，被盛情留在鲁迅艺术学院文学系和严文井、天蓝一起，代从北路过河，也去了前方的沙汀、何其芳教课一期（约三个月）。暑后回到成都，大战也在欧洲爆发，外文系同事留我暂跟四川大学南迁峨眉山，我又在那里教了一学年。1940年暑后，我在昆明西南联合大学先再当讲师，教外文系四年英汉互译课，兼教各系一、二年级共修英文课两班，继在外文系先后开了两门选修课，1943年擢升副教授。抗战胜利前夕，经同事英籍作家白英（Robert Payne）推荐，1945年底得英国文化委员会（British Council）驻重庆总代表处通知授予旅居研究员奖（Travelling fellowship），邀去牛津大学作客一年（当时给中国各大学各科同类名额每年5个），后因被邀西南联合大学教授一名1946年期满适值病入医院滞留英国，推迟我此行一年。

在这期间，我从昆明街头美国大兵抛出的英文书中购得一本《时代》杂志，从中得知搁笔多年的英国小说家衣修午德（Christopher Isherwood）在美国新出版了一本走红的中篇小说《紫罗兰姑娘》（原名为《普莱台紫罗兰》*Prater Violet*），又在《哈泼市场》（*Harper's Bazaar*）画刊上获得所刊小说原文，我读了很喜欢，一口气把它译出了，随即得知其中有删节，后在上海觅得原书，补译全了，发表前先将译者序，译成英文，寄定居在美国的笔者看了，博得嘉许，说是"如果译文和你的序文一样好，那么我不能再求更好了"。这是我事隔8年后第一次再译书。

我复员暂时北返天津南开大学外文系任教授一年。在滞沪途中，得巴金支持，在他主办的文化生活出版社，交印我个人的译品丛刊，沿袭我的短作译品汇集《西窗集》的名字，取名《西窗小书》，即以《紫罗兰姑娘》为第一种，其次是《浪子回家集》、《窄门》和《阿道尔夫》，到1948年陆续出版，原定第五种《新的食粮》未及编入重印，因为1947年暑假我就动身乘船去了英国。

我于9月底才到达牛津,与拜里奥学院(Balliol College)取得联系,作为它的教师席(high table)每星期一次晚餐的常客。在那里和校外结识了一些知名学者和作家,访问了莎士比亚故乡和以"湖畔诗人"得名的湖区,并没有做学问,只是全力加工我自己译改的长篇小说《山山水水》上编二卷的英文稿,仅应《人生与文学》(*Life and Letters and London Mercury*)杂志约译了我自己30年代写的两首短诗。一年期满,我未即回国,转去柯茨渥尔德(The Cotswalds)中世纪山村继改自己小说上编英文稿并进而开始译改下编。国内淮海战役打响,震动了英国,也使我从山中冬日浓雾中如梦初醒,立即搁笔(放下打字机),于12月下旬乘船出发回国,四星期后到香港,滞留等船北返期间把自己的小说译回了开头两章(原上编中文稿1947年留在国内,未带在身边)给《小说月刊》发表,3月中旬与戴望舒同搭挂巴拿马旗给解放区运纸的货轮抵达塘沽,未在天津停留,搭东北来的一列火车,被直接送到了北平。北京大学近水楼台,抢先把我拉去了它的西语系当教授,我又像20年前在那里听一年级英诗课一样,在所授英文组几门课当中就有一门给一、二年级开的英诗初步课。

这次我不再像在 1946 年—1947 年在南开大学外文系就用现成的《英诗金库》敷衍作教本，改为从伊丽莎白时代到 20 世纪三四十年代，自己选诗，因与燕卜荪（William Empson）同事，也参考了他送我的现代诗选家波特拉尔夫妇（Magaret and Ronald Bottral）编的一本英国诗选（1945 年在瑞典出版的 *The Zephyr Book of English Verse*）。20 年前我从听讲《英诗金库》后随手试译去其中一部分，这次我每授一诗更事先差不多都认真先译成了中文。

这又回到译诗道路上来了。50 年代初我把原译的拜伦一些短诗和长诗片断和莎士比亚的十四行体诗 7 首修订了给《译文》杂志发表。1952 年北京院系调整，我从北京大学西语系调到正开始举办的文学研究所当研究员，开始计划以"四大悲剧"为中心研究莎士比亚，写论文与专著，配以"四大悲剧"的诗体译本，这样，翻译上又回到了诗（素体诗与韵文）。1953 年计划写的专著或系统论文集终未完成，凑编成的《莎士比亚悲剧论痕》一书，1989 年底总算在北京三联书店出版了，先一年在人民文学出版社出版了一卷本《莎士比亚悲剧四种》（其中《哈姆雷特》译成于 1953 年底，1956 年出过单行本，又重印二次，

1958年，上海译制片厂曾据此整理为英国奥里维埃尔编导主演的著名影片《哈姆雷特》——改名《王子复仇记》——配音，"文化大革命"后又在电视上播映，获得成功），1982年修订、补订了几首英法现代诗，编成《英国诗选附法国现代诗12首》，于1983年出版于湖南人民出版社。《英国诗选》后交北京商务印书馆排印双语对照本，所译法国诗则单列处理。到此，我把一生的文学翻译行业基本收了摊子。

我说过自己习作文学翻译，并未遵循任何翻译理论指引，进一步，认为根本没有什么翻译理论好讲的，要讲也是讲不尽的。谁要是能掌握两个语种及其文化背景到一定的深度，就可以把文学作品翻译到一定的高度，只是文学翻译，也系文学创作一样，还要靠执笔者自己的能耐与辛勤决定产品的水平。

说来也怪，我先在西南联合大学，后又在北京大学，教过文学翻译课（英汉互译，以英译汉为主），只是我总是先在堂下仔细校改了同学交来的习题卷，加以比较，并以自己的想法增进综合的范例，谈谈问题。要说谈什么理论，我总是不赞同国内放论翻译问题者，众口一词把严复的"信达雅"说当作天经地义，肆言"神似""形似"的短长、争辩"直译""意译"的取舍。我后来常说三种说法中都只有一字可取:就是"信",就是"似",就是"译"。"信"就是全面忠于原文;神寓于形,文学翻译只能相应,"似"不能"即是";翻译就是"译",不该是"创作"。听说日本坪内逍遥译莎士比亚,结果比莎士比亚原著还好,要果真如此,那就是不忠于莎士比亚原著的本来面目,并不与之相应,可能是坪内的好作品、坏译品。我这些看法已多次见诸文字,例如:1983年据《译林》苏州会议上的发言写成的《文学翻译与语言感觉》一文(收入1984年江苏人民出版社编印的《翻译漫谈》一书);1987年12月在香港举行的当代翻译研讨会上宣读的论文《翻译对于现代中国诗的功过》(刊载1988年3月出版的香港《八方》文艺丛刊第8辑,1988年7月出版的台北《蓝星》诗刊第16号和1989年10月南京《译林》杂志第4期)也有较为集中的表达。要算讲理论,说不尽,就大致尽于此。

1994年1月26日

离合记缘

"丁香空结雨中愁"这个传统诗名句的流传,致使我们一般读书人都成了"多愁善感型",习于把雨和丁香花联系在一起,遇二者契合而喜悦,逢二者错位而惆怅。

1929年我19岁从南边来故都进大学,不足一年就深感到这种不平衡:北京少雨,一般庭院却比南边的似多丁香花木!

今建国门内大街路北中国社会科学院入楼建立以前的后院,贡院旧址,全面抗日战争期间被侵略军占领了几年,改建了一些日式楼房,收复后曾一度俗称"海军大院",其间就有不少紫白丁香花木(栽于何时,出于何人之手不详)。

"文化大革命"初期,这里曾成为全国闻名的"大字报"中心,八方来此看"报"的人山人海,热闹得本院院部及所属各单位"示众"牛鬼蛇神已不需上街，就敲锣穿行丁香花夹道中间，一年半载下来，花木被摧折殆尽，所遭浩劫不下于人。

二三年后，来此充领导的军宣队遣送各研究所人员下河南办"五七干校"，我也就随外国文学所同仁到了河南东南角的息县东岳集。1972年，周总理严令军宣队把社科院全部人马"复员"回了北京。

我们回到建国门内大院，满目荒凉，一时无法进行研究业务，已不算牛鬼蛇神了，只有继续各在本单位室内外打扫卫生，就这样，有一天我在扫本单位院子的时候，偶捡起丁香花枯枝，把一小束带籽的荚壳带回家居的宿舍楼，在阳台一角培土栽下。第二年春天居然发芽。经常浇水培养，六七年后竟然开花了，几簇紫花！再过一两年房子大修了，把丁香花连根移植楼下花坛，仿佛得天独厚，旋即长成了覆盖大半院的绿荫，葱茏可喜。

近些年四五月北京雨多了，恰巧前北京大学西语系同事俞大缜教授，喜自称"丁香生日"，我就有机会在每年4月13日欣然亲折一小簇鲜紫丁香花送到"俞大姐"住处祝寿，皆大欢喜。如今"俞大姐"病故有年，物是人非，我每逢四月中旬雨洒郁郁丁香花丛的日子,只有倚阳台怅望忆昔而不胜愁了。

1999 年 6 月 10 日

三座门大街十四号琐忆

二十年前我曾陪同香港友人寻找北海南门外东侧这个民居,只见门牌还钉在门楣上方,内容早已面目全非,如今门牌肯定不在了,内容当由少数几个局中人挂在琐忆中,环绕已不在座的靳以。大约1932年靳以从上海复旦大学毕业,到天津老家转了一转,在刚从上海北来改教燕京大学的郑振铎的主持下,租下了这套前院办大型刊物《文学季刊》以后,这个小去处居然成了一个小型的文人交流中心。正房朝南西头相连的平房向内开小门即面对一张大写字台,是靳以宝座。面对耳房开出来的一把交椅,是巴金的常座。他俩就隔桌看稿、谈话、评论。靳以在南开中学的旧同学,清华大学即将毕业的万家宝(曹禺)刚脱稿的《雷雨》由靳以搁在一个大抽屉里,首先被巴金发现,就决定交给《文学季刊》发表。当时除了不住这里的郑振铎,还在清华大学读书的万家宝和他未婚妻郑秀也常来此串门。清华研究生曹葆华,他善于敛财,靳以常常开玩笑,威胁他到东来顺请大家吃涮羊肉。靳以懂一点昆曲,常带几个住在东城的年轻朋友,以及还没有搬进景山东街北大女生宿舍,暂时住在西城她三姐夫沈从文家的张充和,雇几辆洋车去吉祥戏院或者前门广和楼戏院看北昆韩士昌、白云生昆曲戏班子演出。常常与北大教英文的英国少爵爷艾克敦面对紫色金字的帷幕上绣的一对古诗"不惜歌者苦,但伤知音稀",共同做了活图解。由靳以护送几辆洋车浩浩荡荡穿城回家,我也几度参与了这个行列,至今回想起来还别有风味。当时萧乾还在燕大读书,他也经常到三座门十四号串门,也许因为他从小送牛奶出身,有善于跑腿即今日所说的"为人民服务"的美德。他为沈从文、杨振声办的天津大公报《文艺副刊》编辑文稿,编辑到我的一些译稿,还大大效劳了我一次。我平时只穿中服长衫,因为要在三四月间去日本小住,定做了一套西服,准备在天津上船后穿。大家送我到北京东站时,我才想起西服忘记带上了。萧乾自告奋勇骑自行车赶回三座门代我取西服,及时赶到车站,大家松了一口气。靳以又想起托我到京都后为他选购一尊京人形送人。七月间我回到北京,当时华北形势紧张,我没有忘记带回一尊明丽的女京人形。靳以当时准备把《文学季刊》改在上海出版,我应邀到济南去教书,抓紧把靳以要的京人形带给了他。只是不清楚靳以最后把这尊京人形是否送给了他在上海将要结婚的朋友陶淑琼。这又成了一个值得怀念的悬案。后来想起黄裳见到不知从靳以手里还是从三座门的废纸篓里捡到的我的讽刺诗《春城》原稿,后来到香港投寄给《开卷》杂志影印出来,看起来比原稿还清楚。前几年黄裳从藏书里找出这份手稿寄给了我,但我却忘记放在哪里了。这也可以说明黄裳也曾经是三座门十四号生活的见证人。

巴金平时不苟言笑,只是有时和靳以互相开几句玩笑抬杠。我只有一次听他轻声朗诵几句新诗,却正是为了挖苦我而面对我朗诵《文学季刊》上发表的《春城》中的一段打油诗:

> 我是一只断线的风筝,
> 碰到了怎能不依恋柳梢头,
> 你是我的家,我的坟,
> 要看你飞花,飞满城,

任我的形容一天天消瘦。

使我感到特别荣幸。而这正是黄裳后来交给香港《开卷》杂志影印出来的那首诗。

　　这共同作成了三座门生活的绝响。

2000 年 5 月 7 日北京

小　说

山山水水（片断）

卷头赘语

小说就是小说。小说作者极少为自己的小说写序。亨利·詹姆士（Henry James）是突出的例外。他晚年结束他一辈子的小说写作生涯，为自己二十多卷小说集定本逐卷写了长序，分析和琢磨各部或各篇的营造苦心处理功夫等等。这些序文合起来就成了一厚本既是"故事的故事"集也是小说艺术论文集。他写了那么多小说，不管价值如何，影响如何，自己为它写那么一些话，也不管价值如何，影响如何，总不是多余。我在40年代早期，在大学教书，为了晋级需要，用英文试写过亨利·詹姆士小说八讲（究竟几讲记不清了），却得鱼忘筌，晋了级也就毁了稿。我自感得到了解脱。道理是：我的讲稿应该说纯属纸上谈兵（顺便想起，50年代初期，爱伦堡和聂鲁达联袂访华，在北京文学界的一次座谈会上说过一句俏皮话，给我的印象很深，大意说"我们的［苏联的］批评家都是失败了的创作家"），就文风论，我写它，也陷入了詹姆士晚期小说的漩涡，想写得头头是道，丝丝入扣，结果纠结成团，作茧自缚，不能自拔，最后只能求助于一把火。我庆幸自己没有詹姆士那样写序的资格。我自己天生不是小说家的材料，当时也算写了一部长篇小说，后来一直没有修改好拿出去出版，最终也自动把它一把火烧了。现在事隔四十年，我又试把这部小说仅存的一些片断编集出版，正因为它只剩了这一点残砖破瓦（远远不及全稿的十分之一），我不得不作一点说明：正因为连它本身的情节也都忘光了，又只能从旁就写作意图、构思安排、写作经过、毁弃理由、残存机遇等等，作几句交代。

小说叫《山山水水》。我也曾想叫它《水远山长》，带点抒情气息。表面也不过是"如此江山"的意思，深一层、两层，也就含有山水相隔和相接的矛盾统一意味。

《山山水水》只是名字而已，书中主要是写男男女女，人、抗日战争初期的邦国、社会。人物颇不少,只是以其中一对青年男女的悲欢离合作为曲折演变的主线配合另一些老少男女哀乐交错的花式,穿织起战争开始到"皖南事变"近三年的各阶层知识分子的复杂反应与深浅卷入以及思想感情的回环往复。小说分上、下两编,合共四卷,一、三卷假设故事地点是两个战区中心城市——武汉和延安,二、四卷假设故事地点是当时叫"大后方"的城市——成都和昆明(顺便提一句,为"逼真"起见,把虚构的人物、情节以至机构、学校等等明放在真实地点。街道以至机构、学校等等,本是外国小说惯用的办法,谁也不会当真,而去穿凿附会,捕风捉影,可是在中国,一般小说作者与读者不习惯,实无必要而宁取"A城""B街""C校"之类,所以用得着声明一下)。

这里我倒有意采用了亨利·詹姆士"翻新"的表现虚构故事的技巧——"视点"或角度运用。第一卷的"编造中心"(compositional centre,也是詹姆士小说艺术学术语),是女中心人物林未匀。照这个办法,为求"逼真",若有其人其事,不造成小说作者俨然无所不在,无所不晓的上帝式虚假印象,让一切人物、事物都是这一位局中人的耳闻目睹。但是这又不出于小说人物用第一人称叙述的传统办法,也不同于玛塞尔·普如斯特(Marcel Proust)在(第一次世界大战前夕亦即与詹姆士写他最后三部小说差不多同时着手写的)《思华年》(《往昔之追寻》)那个多部头"江河小说"那样现代化的第一人称办法,而是用了第三人称。这样,照詹姆士的这个办法,有便于不只从她的眼里看人物、事物,而有时可以把她推前去一点,使她不只是"观察员""见证人",而且又名符其实是局中人,成为被观察的对象,只是还顺了她观看的方向(角度)。脱出詹姆士的严格规定,第三卷的"编造中心"就相反,改为男中心人物梅纶年,变成了对映。而二、四卷则更改为由未匀和纶年综合成"主导觉知"(Presiding intelligence)而且甚至于回复到小说作者的传统手法,进行无所不在,无所不晓的上帝式安排了。不过这似还可以说从单角度、双角度以至多角度的安排吧。

欧美小说表现手法,从传统的小说作者出面或不出面,显得无所不在,无所不晓的叙述,和作者化身为旁观者或局中人用第一人称自述,到詹姆士式加心理精微刻划的第三人称单角度呈现,到普如斯特式加"意识流"第一人称单角度铺陈，到乔埃斯式（Joycean）纯用"意识流"第三人称多角度表达，到其后"新小说"等等层出不穷新"先锋"派的手法，转而重取安排故事不忌讳作者显得无所不在，无所不晓的"不真实"印象的传统手法。这好像是一种回复。实际上，这是从展卷式图画手法到舞台式手法，又突破而进入电影式手法。当代小说，经过这个现代化过程，现在又是以采用正常手法为主流，但是小说家现在谁都会一手例如"意识流"之类的现代化手法，只是不再全篇或全书通用，而只在需要的场合使出一两手。所以这也不是已经完全回到正规的传统。时代变化，作者和读者的感觉力、感应力也相应起了变化。艺术作品有常新的一面；艺术创造也既有应继承和借鉴彼时彼地的一面，又有需按此时此地，不当墨守陈规而当推陈出新的一面。一年四季，今年的春夏秋冬总不同于去年的春夏秋冬。这合乎事物的发展规律，也可以称为螺旋式发展轨迹。

《山山水水》背景设置的转移，第一卷随未匀从敌占区边缘乡下出来，所到的战区中心城市是武汉，第三卷随纶年从敌后抗战根据地回来，所到的战区中心城市却是延安了；第二卷未匀重见到纶年的"大后方"城市是成都，第四卷纶年再见到未匀的"大后方"城市则是昆明了。延安固然大大不同于武汉,昆明也多少不同于成都。三年内的背景设置,也标志了螺旋式。

诸多人物在《山山水水》四卷的四个地点,少的在两个地点出了场,多的在三个地方出了场。每次再出场都有些不一样,在不出场的地方有的也会提到,不出场而无形中在场,因此也划了一道道旋进的弧线以至不同平面的圆线。未匀到成都与纶年重聚了,不由自己而推动了后者外出,而纶年到昆明和未匀又重会了,无意中又促使了后者离去,既有上旋的希望也有下旋的危机,但总是一种旋进的态势。到最后这个态势还在进行,只因小说总得告一个段落,有一个收场,所以,在最后从整体说来是宁穆的情调中,同样以冷嘲色调一方面使并不贪生怕死的纶年在前方的险境里没有发生事故而在后方安然不避空袭,猝被轰炸所消形灭迹,一方面使总想高飞远举的未匀先一步飞走别处而落入了有待她挣脱出来的一种无形的精神罗网。这就是我现在还记得的一些线条、一点轮廓。整部小说前面就完全断章截义而用了《古诗十九首》的第一句"行行重行行"作为题词(motto),与原诗内容无关，只是取字面上的反复行进的态势。

一踏上"而立"的门槛，写诗的，可能实际上还是少不更事，往往自以为有了阅历，不满足于写诗，梦想写小说。的确，时代不同了，现代写一篇长诗，怎样也抵不过写一部长篇小说。诗的形式再也装不进小说所能包括的内容，而小说，不一定要花花草草，却能装得进诗。也就出于这样的判断和这样的痴心，我在1941年，妄图以生活实际中"悟"得的"大道理"（借用故北京大学教授钱学熙当时在昆明常对我说的一句口头禅），写一部"大作"，用形象表现，在精神上、文化上，竖贯古今，横贯东西，沟通了解，挽救"世道人心"（参见《雕虫纪历》自序）。当时妄以为知识分子是社会、民族的神经末梢，我就着手主要写知识分子，自命得计。当年暑假，《山山水水》开始动笔，一鼓作气，课余（实际以主要心力），以一年多一点时间，写出了全稿的十之七八，1943年暑假续写下去，最后在东山一处冯至所借用的林场小舍，住了约半个月，一个人自理生活，开始吸烟成习，恰好到中秋节完成了全部初稿。

初稿在我照例还只是毛坯，必须加工。我明白这部小说在有印刷便利条件的国民党统治区会被认为有"政治问题",不可能出版。而我又感到欧美知识分子了解中国远不如当时一些到过(甚至没有到过)欧美的中国知识分子了解欧美。像赛珍珠(Pearl Buck)那样写中国题材的畅销小说又使我感到可憎:它们迎合现代西方一般读者对现代中国由误解而引起的偏见,对现代中国想当然的猎奇胃口,有意无意"出"中国"洋相"。甚至像林语堂那样"美化"中国的努力,也不免落此窠臼。因此,既然中文稿只能束诸高阁,我修改初稿,就先尝试借助外文照照镜子,检验一下小说的面目,用英文译改。这一加工就首先断续跨越了三个年头,到1946年夏秋间完成了上编译改初稿,再过两年修订了半部多译改初稿,在英国牛津西乡终于搁笔为止,总共跨越了八个年头。

远在30年代初期,我曾译过普如斯特《思华年》长列小说开场白的第一段,我却至今还不耐烦去读全部小说。40年代初期我读过的詹姆士大堆小说,后来也全忘了,不想重温。我在中文写作里也早已厌弃那两种长句子小说文体:一种是松松散散而枝枝节节,剪不断,自然泛衍到不可收拾;一种是紧紧凑凑而曲曲拐拐,前呼后应,左穿右插,有如苏州狮子林的不自然叠石。30年代中期起，我已经开始更欣赏安德列·纪德后期明朗、陡峭的小说文体和海明威及其后各家现代化的小说文体。特别是克里思托阜·衣修午德的行云流水而明澈剔透的小说文体，在40年代初期，正成了我从长句子长段文字的纠结当中苦试挣脱所高悬的范例。所以1945年日本侵略军投降，第二次世界大战结束后的第一个冬天，我在昆明一条街上，在地摊上，在美国兵抛出的书刊当中，从一本《时代》周刊读到消息说衣修午德沉默了多年以后第一次出版了一本中篇小说新著，叫《紫罗兰姑娘》（原名《普莱台紫罗兰》——*Prater Violet*）引起轰动，第一版出版后十日即售罄。我又在一本《哈泼市场》画报上见到了小说本文（后来我知道这是节本而由朋友故夐济安为我在上海找到了单行足本）。我就放下手头的工作，一口气把它译出了。这就成为我八年以后的第一本译书。好像满不相干，这和我的《山山水水》也有一点关系。

《紫罗兰姑娘》译完了节本后，我把译本序英文稿寄请衣修午德本人鉴定，承他嘉许，从此我们之间通了一两次信，建立了我和作者本人的一点私人往来的缘分。1948年初夏，我在牛津北区住，有一天忽然接得阿瑟·韦利（Arthur Waley）从伦敦寄来的明信片。他告诉我衣修午德回英国探亲，极想见到我。我和衣修午德通信联系上了，他就约我在伦敦皇家咖啡馆(《紫罗兰姑娘》里写到的地方)请我吃午饭。我当即随身带去了我还在修订的《山山水水》上编英文译改稿，请他过目，承他慨然答应了。过些日子，他在寄还我稿子的同时给我写了一封信。这封信我又重新找到了。这可以作为英美现代文化人中有识之士的反应。虽未征衣修午德本人同意，我信他不会见怪我在此公开一下这封信的主要有关部分。

……我已经读了你的小说。它非常使我感兴趣。实在，我从没有读到过任何作品能如此满足我对现代中国生活的好奇心。我第一次好像"听见"了活的中国人谈话的调子——轻松，微妙，在冷嘲语和玩笑话后边的严肃意味。未匀是一个迷人的人物。她所说和所想的每点似乎都增加了我对中国的了解！

然而把这部书译成英文，我恐怕，你担当了一个几乎是不可能的任务。为达到任何通常的目的，你的英文知识当然是足够的。但只有英国人——实在只有极少数几个英国人——才能完全胜任于对待你写这部书所用的极端复杂的风格。试想一个法国人把普如斯特译成英文，或者一个英国人把亨利·詹姆士译成法文吧！事实上，我以为你却作出了奇迹，但是你的英文里还有——可以这样说吧？——百分之十五的中文！我知道你会了解我这样坦率讲，无非是因为我如此赞佩你的作品，因为我愿意见到它获得最充分的赏识。但愿韦利先生能帮助你一下就好！……

这里的溢美之词，我完全理解，是出于客气的礼貌和真诚的鼓励。衣修午德对我译改稿英文的坦率评论，尤使我感激他的好意。我也感激韦利的关怀，可是我怎么好麻烦他老先生细读我二三百页的打字稿呢，而这还是未完稿！而且衣修午德在这里随便提到普如斯特和亨利·詹姆士这一点，在他是无意，却使我——算出于过敏也罢——从中感到一点公平的戏嘲，顿令我憬悟。我并不自我陶醉。而在我继续在冬日多雾的柯茨渥尔德（The Cotswalds）中世纪山村，埋头修订上编译改稿，同时开始译改下编的时候，淮海战役打响了，震动了英国，也震醒了我；在这种丰功伟绩前面，我竟在那里集中精力，弄我无聊的笔杆！我断然搁笔了。我这才想起，衣修午德那天在伦敦午饭后带我参观泰特画廊的时候，听了我漫应他关于当前中国形势的询问而说的"中国肯定在变红了"，就肃然提醒我说的这句话，"那你为什么不早点回去呢？"我就准备乘船回国，经香港回北方。

也算是一种讽刺。我原以明明白白主要写我熟悉的中国各色知识分子为得计（当然这些知识分子还是延安整风以前，或听说到它以前的知识分子）。回到解放后不久的北平，我在自己也卷入其中的热潮里，首先根本忘记了我曾写过的这部小说稿子。过了年把，原留在国内的上编中文初稿的发现，促使我想起了还有下编稿在身边，就找出来一并付诸一炬，俨然落得个六根清净。原因就在于我悔恨了蹉跎岁月，竟在那里主要写了一群知识分子而且在战争的风云里穿织了一些"儿女情长"！

但是怎么还有这样一点点残砖破瓦呢？50年代初期我把全稿烧毁，也没有想到已经不能烧干净了。我在写出全稿，行将进行修订的时候，曾用"大雪"的笔名，把第四卷的一章《雁字：人》交重庆《文阵丛刊》（叶以群主编）发表在

1943年的《去国》辑上,把第三卷的一章《海与泡沫》交桂林《明日文艺》(陈占元主编)发表在1943年11月出版的第2期上。抗战胜利后,我用"薛理安"的笔名把第三卷的另一章《桃林:几何画》交上海《文艺复兴》(李健吾主编)发表在1946年9月1日出版的第2卷第2期上,用本名把第二卷和第三卷各一章的几个小片断,起名《山水·人物·艺术》和《山野行记》交上海《观察》(储安平主编)发表在1946年9月1日和10月12日出版的创刊号和第1卷第7期上;从英国回来,1949年2、3月间在香港滞留,候船北返期间,应周而复约,从手头的英文译改稿复原第一卷的两章,加总题《春回即景》,用本名发表在他所主编的《小说》第2卷第4期和第5期上(出版日期是当年4月和5月)。所以还由不得自己,留存了这一点片断。

事隔三四十年,年来承友好发掘和自己从残存的故纸堆中翻找,凑齐了这些片断,自己重读一下,觉得还值得留痕。再经一些新知旧交的鼓励和督促,我今年经过一再踌躇,决定同意交出版社试印一本小书。因为在写作过程里,小说人物名字,前后有所变动,现在作了统一(其中有个别名字晚近发现本不相干而与过去或日后的相识曾经用过或现在还用的笔名相似以至相同,也就不改了;至于一些偶合,即当时并不存在而后来确真有类似的事物、情况,好像出于预言,也就听之,不管这样会使无事生非的索隐癖患者更自入迷津也罢)。文字上略有修改,主要是一些删削,那是纯出于艺术加工的考虑。

说来说去,这里还只是说了些题外语。谈论任何人的作品,我总倾向于着重作品本身。写作意图、写作和修改经过、反应和效果试探、全盘作废又局部保留的情况,自己改变处理的想法,在此,比诸作品本身,实际上都无关宏旨。即使涉及作品本身,艺术手法之类,也是次要的,重要的还是内容。而讲作品内容,现在人是物非,没有文稿让自己参证或帮助自己回忆,只就记得的大致提供一些粗略线索和依稀轮廓。如果我还记得清具体内容,我当不会如此絮聒而径自进行这部小说的重写了,虽然我现在既无此精力,也无此心意。这些松散的片断原是长篇小说缜密结构的一些部件,现在虽大致可以独立成篇,自给自足(原来挑出来分别发表,也取此特点),作为短篇小说集则是不符合这个文学品种的更具独立性要求的，所以就作为散文集读吧。万一远比我高明而富于生活体验和想象力的读者，能凭这些片断翻造出另一部更有意义的空中楼阁，那倒是太有趣了。

卞之琳

1982年11月25日夜

海与泡沫①

就像鸟叫，就像破晓时分第一只醒来的小鸟的弄舌，这一串声音，颤动在睡眠以外，颤动在黑夜里，给夜的玻璃杯划起了一条裂缝。不像第一声鸟啼以后紧接上来有百鸟的和鸣——夜的粉碎。黄土高原上的黎明原是寂寞的，也难怪。可是这一串声音近来了，近来了，伴随着另一种声音，不是鼓翼的轻响，是沉闷的重击，布底鞋踏过泥土的声音。是吹了哨子！窑洞口的门窗上两块灰白；哨子和沉重的脚步从这一排窑洞的那一头

---

① 下编总第三卷的一章。

回来了，又经过了前面那两块灰白。响应它们的就有一扇两扇门的开动，三个四个人的哈欠，说话。梅纶年从铺位上滑了下来，穿衣服。灰白里表面上标明了五点差十分。正是昨夜临睡的时候，这些窑洞里的居住者各自负担在心上的时间！五点差十分起床，五点正出发开荒到十点钟为止。大家同意，因为十点以后山头上将是不可忍受的炎热。

现在又那么冷。天色还朦胧呢。是眼睛朦胧吧？纶年拿了面盆和漱洗的东西走到厨房前边去。他跟一些人影朦胧的点头招呼，朦胧的看人影向人影招呼以及说些像影子似的话语。手脚是乱纷纷的。好冷啊，纶年的脸已经浸到冰冷的盆水里。用手巾擦干了，眼睛就一亮。该就是刚才吹的哨子吧，他看见管总务的那个矮胖子同志，像早就洗好了脸，站在一边和大家说笑，手里晃着那个白亮的金属物。对面那个女孩子的满月似的白圆脸低到盆里去，一会儿盆里就升起了一轮朝日，红红的，以微笑回答纶年忽然禁不住就让浮到脸上去的微笑，该也是红了脸的，既然迎来了这轮初升的朝阳。哨子再到矮胖子嘴上的时候，靠在土壁上的那一堆短柄的锄头当中就有好几把立刻到了几个人的手里，甚至于肩上。纶年赶回住处去放掉东西再来的时候，就拿了最后的那一把。再后来的只好空手。空手的，拿锄头的一样出发了。窑洞尽头的转角处就迎来了一股刺人的山风，像一把刷子。

从高处望去，四边是一片灰濛濛的阴海。无数的山头从阴影里站起来，像群岛。山头是热闹的，这群人却像一支孤军，佝偻着上坡，踩着像终古长存的一层灰暗的荒草。这些草莱似乎从没有吻过人的脚底。可是这些山头当不是从古就如此光秃秃的，而是由人，惟有人这种怪物，给它们一律剃短了头发。别看人的手小，他却摸过了所有的这些山头，就像此刻早晨冷峭的寒风，从这一个摸到那一个。丁是河对面，西边，一个山头戴上了金顶。太阳光已经射到了那里。可是人也已经爬到了那里，看那些黑点子不是人吗？他们在蠕蠕的移动着，争着从阴处，从看不见处，投身到一圈金黄里做黑点子。

"看他们比我们更早，"有人说，"已经爬到了那里，马列学院的开荒队。"

于是，虽然看不见锄头，那些黑点子就像这边这些人的远影了，遥遥相对。

"他们还看不见我们"，又有人说。

而从看不见处,突然像回应他的话似的,响起了一阵女孩子的歌声:

二月里来好春光,
家家户户种田忙……

这一只从当年春天流行起来的歌曲随风送来了一个开头,随即像一点葡萄酒一样的扩散了,于是好像到处都迷漫了这种歌声。

"女子大学的,"有人说,"一定是女子大学的!"
"看不见,"又有人说,"大概在我们旁边那一个山沟里。"
"我们也来一个",第三个人说。
于是四五个人一齐唱起了:

二月里来好春光——

哨子响了!
"大家得种田忙呀",管总务的矮胖子喊起来了。

锄头有九把，人有十六个，怎样安排呢。人分两班，每班八个人，二十分钟轮流劳动与休息，锄头留一把，以备不时的补充。十六个里边惟一的女孩子，那个圆脸的俱乐部主任，早已首先拿起了一把锄头，跑到指定的那个地带的底线上站住了招呼大家。纶年也就用自己一直没有放过手的那一把参加了上去。组成八个人的一个横列，像准备赛跑。不等哨子响，谁的一把锄头就起了步，扎的一声落到枯草地上，就捣翻了过来一大块黄土。

灰色的草皮上随即错落着翻过了七块土，棕黄得显明，就像衣服前面的一排大小不一的扣了。

八颗扣子早就连起来成了一条直带子。

锄头继续向前，向左右起落。

草和荆棘的根交织得全然是一张网，罩住了黄土，像是一种秘密的勾结，被翻过来的黄土揭发了。而每一块黄土的翻身，就像鱼的突网而去似的欢欣。正如鱼跳出了网就不见了，隐入了水中，每一块黄土一翻身也就混入了黄土的波浪里。这一片松土正是波浪起伏的海啊！而海又向陆地卷去，一块一块的吞噬着海岸。不，这是一片潮，用一道皱边向灰色的沙滩上卷上去，卷上去……

这一道潮头的皱边是弯弯曲曲的。尽管有些锄头尽量向左右发展,中间的一片大陆终于形成了非洲的南部,伸在海里。向好望角正面进攻的正是那个圆脸的女同志。

"大家先解决这个非洲啊!"一位男同志吆喝了。

七把锄头就一齐包抄过来,向非洲的东西岸夹攻。有两把锄头更向非洲的后路断去,不一会完成了四面包围的形势。好望角也早已坍陷,非洲成了澳大利亚。

"你们上前去,"女孩子喘着气说,十分娇媚的用左手向前一挥,趁势歇到圆脸的前额上擦汗,"让我一个人解决这个孤岛。"

七把锄头就上前去分担了一线。

一会儿这条线就大致齐平了,像海里掉下了一块大石头。尽管石头还是整块的横在水里,还没有消磨掉,水平面重新可以用一条直线表出了。

可是一会儿忽然有人从外边笑着喊出来:

"不行,老任,你这个个人主义者,你一个人开了一条河了!"

"河?"纶年想,有点愕然,"我们要的是海啊。"

抬起头来看，他看见果然不错，那个管记者分会的高个儿同志在边上孤军深入，向前挖成了一条注入大海的河，看起来非常别扭。

解决了孤岛的女孩子刚走过来动手在老任的河口开杭州湾，各人就接过了锄头，一边说：

"时间到了。"

纶年再举起一下锄头，觉得有人在后边碰了他一下，随即伸过手来接了他刚落到地上还没有掀起土来的锄头。

哨子也就响了。

斜坡上已经有一部分照了太阳。太阳光正从后尾赶上了那块两丈宽，五六丈长的松土，仿佛正检看一下成绩似的。而有人也就像替它作了评语·

"还不坏。"

说话的就是老任，他走到纶年的旁边坐下了。

想不到话是对自己说的，纶年仓猝间不知道怎样回答，只是漫应了一个"唔"。

底下却叫起了一个洪亮的大声音：

"看我跟小周两分钟里消灭老任这条个人主义的尾巴！"

向声音的来处望去,纪年认出讲话的是新文字研究会的负责人高雷。他正沿着老任的那条河的源头,迎着正面的海岸线捣土,像正在决堤叫河水泛滥。小周当然就是据在河口旁边海岸线上,斜向高雷迎上去的世界语研究会的负责同志了。

"看他们两个争地盘",老任大声的开了头,却低声的说了,最后三个字变得专对纪年说了。

"唔",纪年还是漫应着,虽然心里却想着:"好一个比喻!真像蓝净的海里忽然翻滚出来一些没有淘尽的废铜烂铁!"

"你看见他们两个昨晚上怎么样",老任又逼进了一步。

昨晚生活检讨会上的一幕就不由不立刻重现在纪年的眼前了:

在那个用作俱乐部,与图书室毗连的大窑洞里,在那张平常用以打乒乓球的长桌口,在十四五个住会人中间,在检讨过两三件生活上的问题以后,高雷忽然挺起他那个马脸而提出一点来要求大家"批评":

"今天轮到我和周西同志下山驮水。结果我一个人驮足了两驮。并不是我自告奋勇,要独力担当,只是屡次找他,他连影子都不见。现在一天的事情都完了,他就坐到这里——这里。"

纪年愕然照他指点的方向看过去，认出了那个大家叫"小周"的同志。他在众目的集射中，并不窘红了脸，只是把脸色一沉。

的确对面那个马脸上也并没有一丝笑意啊！完全不是开玩笑。可是大家都不是小孩子了，为了这一点琐屑而居然吵起来也实在令人不易了然；那不是笑话吗？

"哧，老高装得多严肃，"当主席的俱乐部主任，就是住在纪年隔壁的那个女孩子，显然开着玩笑说，"难怪那么会演戏。"

"我知道两驮水以外，"小周站起来说，"另有原因，不那么简单！"

"确是不那么简单，"高雷立即还嘴，"我不在乎两驮水的琐屑，我却不能放松原则。我着想在大家生活的纪律。要不然我们干什么开这个生活检讨会！"

"得了，我们还是讨论重要的问题，"小主席乖觉的居然像母亲排解小孩子一样的微笑着说了，"我们就给周西同志的账上记下两驮水。下次轮到的时候就由他一个人担当。如果不轮到星期天也就不去苛求了。虽然星期天是重要的日子。"

说到最后这一句话，她向小周，又向大家笑了，似乎含了什么深意。问题就算解决了。

"他们昨晚上吵架的原因,"现在老任告诉了纶年,真不愧为新闻记者,像一个新闻记者对人报告不上报的一种政治内幕,"哪会是两驮水呀?当真是争地盘。高雷先跟《抗战日报》接洽出一个新文字的开荒专刊,小周去建议出一个世界语的开荒专刊。给这一顶,连新文字的专刊都叫日报的负责人觉得太不切实际了。"

"哈,"纶年插进来说了,轻微的笑了一声,"新文字,世界语,价值就全在实用啊!"

"所以叫我们的木刻研究会出了一个木刻的开荒专刊,昨天已经出来,你不是已经看见了吗?"

"在报上开这么一栏也值得那么争吗?"

"可是你难道不知道,"老任好像笑他太不懂似的解释了,挤着眼睛,"在这边也是一块跳板,从之出发……"

"一匹马,后边跟着一个勤务员?"

"咦,"老任摇摇头,似乎觉得纶年又说得太具体了,也就太露了,不像话了。

"新文字,世界语,"纶年想,"目的就在把复杂,艰深的改为简单，容易。现在他们这种钩心斗角，岂是这种文字写得明白的，岂是这种语言说得清楚的，这才怪！"可是他只说了："可是我总觉得他们两个都天真得可爱，既然这样的明争，讨厌的是面上都笑嘻嘻的暗斗。"

"暗斗也不是没有，"老任说，摆起知道得很多而不说出来的样子，随即补充了一下，"我们这些知识分子心眼太多。"

"大家都来多用些体力就好了，我想，"纮年说，厌听了这一套，转移了话题，"你看他们两个不是在那边通力合作的出了一个很好的开荒版吗？"

那两位同志早已把老仕开的那条河与另外全体人开的那片海之间的那个"地盘"完全开发了，现在并肩着一团高兴的席卷一大角草地。

"谁的《私有财产的起源》？我把它捣了！"底下响起了一个威胁的声音，是矮总务的声音。

"我的，我的"，老任说，站起来向声音的来处奔过去。

那本《家族、国家和私有财产的起源》原是像一只羊在那一片草原的中心，现在竟然在那一片海的边缘上，而且到了像从海里涉水而来的渔人的手里。它向老任的方向迎飞了过来，像一只白鹭。

庆幸老任的走开,纶年正向地上舒服的伸躺下来。忽然从一边的几个人的笑语声里跑来了小圆脸,拖着草鞋,一只手里提着一只袜子,一边笑着说:

"他们说我这是圣诞老人的袜子,梅同志,我也分你一点礼物。"

她就把袜子扔在了纶年的身边,一边靠近他坐下了系鞋子,那是棉线编织的草鞋式鞋子,由赤脚穿了的,一边解释着:

"刚才捣土到一半,忽然一只鞋子掉了,我就光穿着这只袜子。"

纶年顺手提起了那只袜子的尖头,把它倒提起来,倒空了里边的东西:一小堆土末和土块。

"咦,"纶年简直像失望了似的感叹说,"我以为从海里捞起来总该是些珊瑚啊,光润的贝壳啊,甚至于珍珠……可是不,那些东西长不起壳子,土才是宝贝,不错,不错。"

他就用手指轻轻的研着那些小土块。

"那我这次就赤脚踩在土里去",女同志撒娇的对他说,一边就要动手脱鞋子。

"不，不，"纶年却阻止她，反而促她系紧点鞋子，仿佛怕它们摔到粗糙的海里去翻腾，随即自己觉得有点好笑的想了，"你这是什么心理！"

可是也是人情啊，他立即在心里反驳。他觉得自己今天很健康。而昨晚生活检讨会上另一个小波浪又接踵而浮现了一下：

"可是星期六更重要啊！"

谁喃喃的来了一句，当他听了这个女孩子，昨晚的主席，排解那一场争吵而说的"星期日很重要"。

大家知道，连纶年也知道，这句话是针对谁，可是女孩子却得体的微微红一下脸，以一笑了之。

"还有乒乓球是否应该让大家打，尤其是会里人？"

这次纶年看清楚发言的就是老任。

"你总是私有观念那么重，"木刻研究会的果丁从旁批评说，"总是会里会外。"

可是俱乐部主任感觉得灵敏，马上理直气壮，同时也用抚慰小孩子的语气说了：

"你们自己不来打呀。刚才梅同志还不是在这里跟我们一起打了吗？"

"他们"是她和马列学院的那个小伙子。纶年这才悟到晚饭过后，天黑以前，他们连他自己三个打乒乓而大家不来参加的道理。他想起高尔基的短篇小说"二十六男与一女"。

一切都遗忘在集体操作的大海里了。刚才大家围起来帮女孩子化非洲为澳大利亚的时候，热烈的情形且甚于作任何游戏，而老任也就是最起劲的一个。

纶年赶快站起来，那一股潮水不知不觉间已经涌到脚跟前来了，同时听到了哨子的长鸣，从身边那个女同志的嘴边，她手里已经拿起了一只表。

大家像下海游泳似的一拥而下去接替锄头。

这一次纶年前面刚翻开的黄土上滴了汗水。

这才是开荒的正文了，也就是至文无文。还有什么呢，除了锄头的起落，土块的翻动。惟一的事故：谁的锄头从柄上脱下了，从外边换来了一把。一条弯曲的分线移前去，移前去。太阳底下，一片细长的交错的阴影让位给一片栉比的阴影，这是锄头在这一片单调与平板上所作的惟一的描写。不，锄头的目的也不在于描写，也不在于像一个网球拍展示接球、发球的优美动作，不，目的就在于翻土，翻过来一块又一块，翻过来一块又一块……是的，这不是游戏，更不是逢场作戏。这一片单调与平板要持久下去的，今天，明天，后天……

不，另外还有一点事故：纶年这一次碰到跟老任比肩，相形之下，不得不落后，只好赞叹着后者的体力强与功夫熟练——看他一马当先的赶前去了！可是这条分线又开始不整齐了。仿佛出于好整齐的洁癖，纶年加紧捣开自己这一面与老任那边毗连处的棱角，可是徒然。而他也随即发现老任只开了那么窄的一面，三四锄头宽！他简直生气了，要不是他忽然想起了去年初到而还没有去前方以前，在一个场合对一些搞文艺的学生随便讲话中曾经说过的一点：完整的作品是普遍性与永久性兼及的，因而用线条画起来，假设永久性是一条竖线而普遍性是一条横线，就是一个方止的十字，可以作一个整圆；畸形的作品不是一个扁圆就是一个长圆，不是胖了，就是瘦了。这个不管自己是外行而信口开河的比喻，他没有再考虑比得是否恰切，又移来比喻眼前的事情，就在好玩的感觉里消失了不愉快。

对啊，海统一着一切。

直到哨子又响了，让锄头给别人接过去了，自己在草上舒服的躺下了，纶年才捉摸到了海是什么，像海岸会捉摸到海，像面见于两条线，线见于四边的空白，像书法里有所谓"烘云托月"。可见比喻，不错，也只有靠比喻才形容得出那一片没有字的劳动，那片海。对了，是海的本体，而不是上面的浪花。浪花是字，是的，他忽然了悟了圣经里的"泰初有字"。这是建筑的本身，不是门楣上标的名称，甚至于号数。最艰巨是它，最基本是它，也是它最平凡，最没有颜色。至文无文，他想，他这些思想，这些意象，可不就是漂浮在海面上的浪花吗？不，他不要这些，不要这些……

"老任这家伙真可恶！"底下有人嚷了，"他总是想一个人做劳动英雄！"

"这里又不是木板，"老任的声音，看来是回答木刻家果丁了，"开荒也用得着刻版画一样要好看吗？"

这些话，不管有无意义，也就是浪花，也就是泡沫。可是海不就是以浪花，以泡沫表现吗？或者以几点帆影，像在未匀画的山水里——不，不，他抑住了心的一个快乐的跳跃，收去了那几点帆影的一现，而代之以眼前的东西：表现蓝天的白云。或者还是回到泡沫，回到浪花。浪花还是消失于海。言还是消失于行。可不是底下没有声音了吗？除了锄头和土，和草根的撞击的声音，土块的翻动的声音，除了谁的一声咳嗽，谁的一句哼唱，没有意义的哼唱，或者咒骂，不存恶意的咒骂。好的，这正是文化人拿锄头开荒的意义：从行里出来的言又淹没在行里，从不自觉里起来的自觉淹没在不自觉里，而哨子又起来给时间画下了一条界线。

"又该我们了"，纨年想，他的"我"也就消失于他们的"我们"。

到他这一班第二次休息下来的时候，大家决定先去招呼送稀饭，等第二班休息下来的时候正好一齐吃稀饭。

俱乐部主任，纨年想就叫她"小圆"，跳跃着跑去，可是她是向崖边跑去，并且一跑到崖边就向前喊了：

"稀饭！稀饭！"

"稀饭！稀饭！"山谷里好像有人模仿她的清脆的声音。

"呵，你的声音尽管高也喊不到那里吧"，纨年想，一边好奇的跟了过去。

可是再经过两声的叫喊，伏在崖头的"小圆"回过头来，看见纨年就对他说了：

"他们已经听见了。"

"他们已经听见了?"纶年问,愕然的,"这才是奇迹了。"

"小圆"茫然,不明白有什么"奇迹"。

纶年到崖头向下一望也就立即明白了实在没有什么奇迹:他们绕了许久才到的地方,原来就是在他们的窑洞上边。那边的一个棚子不就给那头毛驴住的?斜过来一点的厨房前的缺口也看见了。

"他们刚才出来过,""小圆"解释着,"又回到窑洞里去了。你有什么东西要先送回去,让它从这里落下去,一定就落在你那个窑洞门口。"

"原来就是在我们自己的头顶上开荒",纶年感叹其有趣,没有想是什么意思。

送稀饭和碗筷来的是炊事员,小通讯员和管图书的那位女同志。大家就在一块儿吃,就像一个人手众多的农家。没有菜,稀饭是加了盐煮的小米稀饭。大家狼吞虎咽,似乎都吃得很有味,虽然还是老任开玩笑说了:

"从大米饭和面食吃到小米饭,又从小米饭吃到自己种的小米饭,进步了,进步了!"

纶年听了,立即恍然,倒并非恍然于眼前的情况向坏处的

"进步"（也许倒就是进步），而是恍然于在这个山头上开荒是为了种小米。并不对数目字感兴趣，听他们一边吃一边谈论到今年开荒的数目字，文化协会已经开和还要开的数目字，他随便问了种小米的程序。

"现在先把土都捣翻开，"矮总务简单的给他说明了，"然后一边让一个人播种子，一边大家从后边把土块打碎，掩住谷子，然后等下雨了就来拔草，到秋天就是收割。"

"你看这多么原始"，老任插进来说。

"可是你要离开现实吗？"矮总务反问。

"我们是来做一个象征"，纶年想说，可是他现在连象征都不要，只是等着哨子再次起来，好和大家一起再投身于劳动，没有字的劳动。

十点多钟，大家提着或者抗着锄头绕下山坡来的时候，斜对面山脚边突然呈现了一片新鲜的棕黄，向那边的山沟里隐去。

"这就是女子大学开的，"有人嚷着，"她们大概开到山沟里边去了。"

"难怪这一片就像旗袍开衩里微露出来的一角鲜明的衬袍。"

这一闪奇想掠过纪年的心上，没有出口，他为此庆幸，因为太没来由了，太不伦，而这边的女子又都是穿的军服！

"那些像山药蛋剥去了皮"，他随即说了，对走在旁边的俱乐部主任，用手指指远近山头上的一块块棕黄。

"他们说山头都变了颜色，""小圆"回答，十分骄傲，"下次日本飞机来叫它们完全不认识地方，像你这样打扮了，外边老朋友也一定不认识你。"她看看纪年的模样，一笑。

纪年也看看"小圆"掩到耳际的乌发，笑着说，"可不要弄得更秃了，还是多长点头发，多长点树木好看，为长远计"。

"河边现在那一片荒地，"果丁在旁边插进来指点着告诉纪年说，"是划给我们的菜地，还没有开，过些时你再到这里望去，也会不认识。你认不出吧，我昨天给你看的那块木刻就是刻的这一角地方，只是先给刻上了菜畦的图案。"

这一切都很好，都太令纪年兴奋了，只是自己，特别到后来，也许是因为累了，不时冒出来的一点想入非非，不伦不类，令自己生厌。像要有所摆脱，他在午饭前也下到河里去洗掉一身的泥土。他在阴凉的窑洞里，歇去一身的疲劳，待不住，到下午四点钟光景，过河一口气跑到文艺学院去找了亘青。

他在那一排教员住的窑洞底下的坡路上碰见了正要下来的亘青,他在那里停步,显得无可奈何的忍耐着听两位女同志(纶年认识是两位教员的家属)对他唠叨着什么。

"她们吵什么?"纶年跟他单独在一起了就问他。

"还不是那些鸡长鸡短,"亘青回答,显得十分厌烦,"谁把鸡吓飞了,谁把蛋拿走了,诸如此类。"

纶年这才注意到那一排窑洞底下差不多正好另是一排宿舍,鸡的位置。

"你跟我去看他们开荒好吗?"亘青撇开了那种无聊的闲话,征求了纶年的同意。

"你们这里下午也开荒?"纶年问了。

"因为要完成预定计划,突击一下。下午是三点钟开始。我右臂还没有好,暂免开荒,派定监督一部分女同学送水,现在该是送水的时候了。"

纶年很乐意去看看这里的开荒,他们就一同下到了那一排厨房前面。

一个女学生,一只手里拿着一碗小米饭,一只手里拿了一条小树枝,打着一头大黑猪,轻轻的打一下,那一团皮肉就发出一声"唔",像打着玩。

"干什么?"亘青和那个女孩子招呼了就问她。

"这个蠢东西真该死,"女学生回答,"给它饭吃还不吃。"

恰好厨房里走出来了一个伙夫,挑了木桶,像要去打水,就笑她说:

"你拿热饭给它吃,它怎么吃!"

"噢",大家明白了,可是女孩子还打了猪一下,发了她最后的一点小姐脾气。

"得,我们去送水吧",亘青说。

"她们正在厨房里打开水",女孩子一边说一边回转厨房,那里正传来一片女孩子的笑声。

纫年觉得很好玩的帮着亘青合抬一煤油桶开水,和另外十几个女孩子合抬的四桶水一块儿出发。五桶水沿山坡上去,荡漾着天上的云影。

山坡上高高低低的尽是人,不像人,像放草的羊群。他们纷纷跑过来,一听到女孩子里有几个高声嚷了:"开水来了!"

一个男青年跑过来给一个正在挣扎着上最后一级的女孩子拉一把。这就像捏一个橡皮的玩具一样的引起了一声尖叫:

"噢,那么狠!我这个胳臂不是锄头把呀!"

大家都笑了。

有几个男同学反而"慰劳"了送水人一些他们翻土得来的甘草根。

亘青和纶年也分到了一些。

"好得很,苦里带甜",亘青一边嚼一边说。

"富有象征的意味",纶年就回答,爱惜的玩弄着手里的一大块。

"你才真是象征派",亘青笑了他。

纶年立即感触到了什么。唔,他想起了去年在成都跟未匀谈起了在她到成都以前他所看到的那一套汉口春耕运动的新闻片。她说她亲眼看了那一次预备照电影的表现。她说参加那次"春耕"的一些女子就像"黛玉葬花",就取笑了她们一句"象征派"。她后来告诉亘青,因此有了他今天的这句话。这又提醒了他今天早已经想说过一次象征了。

"同样的象征,"纶年说,"我们在这里做它却用了那么大的气力。你看我的手掌。"

他的两只手掌里指根处都起了泡,有一处已经破了,出了血。

"你今天也参加过开荒了?"亘青说,"这是泡,他们说,再过几天就变成了老茧。"

纪年很得意的觉得自己今天很强壮。

1942年6月5日至14日

雁字:人①

林未匀和梅纪年重见了,倒并非如他们各自所预期的那样为难。

原承逸君好意,只给远远的指出了房子,纪年一个人进来,就有单独见未匀的机会。他偏叨光这里人多,一桌人正在吃午饭:他们两个相见,既可不拘礼,又不发生表现得过于疏远的顾虑——互相随便的点一点头,一笑。

从外院走进里院,因为书法研究会不挂牌子,这里也只是

---

① 下编总第四卷的一章。第四卷故事地点为昆明;时间,1940年夏末至1941年初。

它在里院的一部分，纶年问明了到"毕家"该上的楼梯。他上来了发现迎面一小块地方用作厨间。忙于炒菜的女仆向旁边一挥手让他自己过去。他就从一张大木橱旁边转过来，到了隔在这一边的关帝座前的宽廊道，面对了靠窗一张圆桌半周围的四个人。他当即抱歉他来得不是时候。

在抬起头来的人当中，他首先挑出了毕志岚作为招呼的对象：

"毕先生还认识我吗？我是梅纶年。"

"认识，认识"，毕连忙回答，眯着笑眼；接着介绍了纶年还没有见过的他的外甥女和女儿。

高锦云靠窗坐，正对毕志岚；毕汝华对窗坐，并着未匀，也就是斜背纶年。见他们都要站起来，而且毕还要招他吃饭，纶年赶紧声明已经在刘家早吃过了，走前一步，向食桌伸开两臂，做手势制住了他们。

未匀回过头来，正当纶年伸开的两臂弧线的中心，就偏过了身体，傍近汝华而开宽了与毕的豁口，柔声的安置纶年说：

"你就去那边长凳上坐吧。"

汝华"扑"的笑了一声；毕就瞪了她一眼。锦云微笑着，若有所悟的偷觑了未匀一下；未匀却只顾低头吃饭。

这位自命的"局外人"也就在一边应酬着毕志岚的寒暄。提起了路上的辛苦，他却出于真挚的回答了：

"没有什么，没有什么。听说林小姐害病的时候，毕先生才真辛苦了，照顾她照顾得非常周到。现在林小姐病好了，叫大家都高兴。"

未匀听了，不知道出于怜惜自己还是怜惜别人，禁不住要着一滴眼泪给这一句话打标点，宛然低头到了这里，集中到一点的水滴子实在再也经不起自身的重量，大有摇摇欲坠的样子，于是微微一侧首，用力咽下了一小口饭。还好。今天的饭却显得特别硬了；碗里拨动的筷子下一颗颗饭粒就尽自跳动。

纶年从背后看去，就只见她傍立在耳际的发鬟与几丝飘掠过耳根来的鬟梢在微微颤动。未匀已经完全不烫发了，改取传统的打髻，可是显然自出心裁的，用两条短辫，由脑后像两瓣胚芽似的中分了盘向前去而在两耳际结成两朵松簇，并非团团如球而亭亭如云，叫纶年认为更好看了一点。可是也就随了近在前面，伸手可抚的这一头发丝的颤动，纶年觉得胸中起伏着什么。他赶快把话题转开，谈起了路上的耽搁。这就来了一则趣闻：有一次卡车司机发觉车子开不动了，停下来翻开车头一检查，发现了故障的原因——冒油管里塞了一条昆虫腿，纶年捡起来一看，认定是一只小蚱蜢的后腿！

大家笑了，未匀也就得意了，凑上了一句：

"螳臂还是挡了车。"

难为纶年也居然敷衍得几下和他性情正相反的那位世故老先生，也许还得算毕的成功。可是纶年有时候就会出乎意外的来一着，那年在峨眉山他还显得很熟悉的和运动界前辈的曾亚南大谈世界网球明星呢！好，现在就让他和毕去纵谈时局吧，未匀照例午饭后要到自己的房间去歇一下。而毕早就自告奋勇的要替她烤茶陪客。

于是镜子又胜利了，难得它又一度照见了未匀的泪眼！可是未匀的目光却先落到鬓边，继之以手指在像要飘去的一抹如烟的鬓丝上一掠，颊上也就晕开了一下原只薄施的胭脂——还好。纶年这次真算得是从游击队回来了，又乘人不备！她笑了。

午觉可终于睡不成。汝华这小丫头懂得了什么！你笑呀，现在这倒真配你笑了！你刚才却笑了灯花应了锦云前晚猜另有客来的预言。可是你还不知道灯花开给了未匀昨日一天的寂寞！

正如石缝里长草，往往是夹缝里出文章啊！

可是文章也一定得出在差池里吗？不等他，他又来了，可怜的纶年！那么昨天就是等他了？不，不，未匀才不呢！只是她今天却刚好是不空。她着手了一件工作：昆剧《昭君出塞》中的舞姿（或身段与步法）研究。这也是几年前的老题目。几年前在北平搜集的材料，如今在"书法研究"的职业以外，工作以外，在无意中忽然起了整理的兴致，来得突兀，一如今天的纶年。他倒像有意埋伏在旁边而先给她以一天的空白。那么此刻倒也像存心还报他以一小时的空白，让他在那里无聊的和毕志岚谈话。也实在睡不着，时间却已经过了半小时，得，她就出去，也就算给他一个惊讶吧。

果然她也来得颇出乎纶年意外。他原是一切让逸群算得十分周密，先在他家里吃了午饭，又息了一小时，到下午一点半才过来，一定合适了，却想不到今天这边午饭偏又开晚了一个多钟头！现在就只得落空一下，他也实在不忍叫未匀硬撑了陪他啊。不过未匀也许倒乐意让他落空一下。说是只需一小时，怕一时还不会出来吧？无望中他就坐近窗口，和毕志岚隔圆桌相对，索性把天下大势谈开了，倒也把自己安置得若无其事。

才半小时呢,未匀穿了半高跟胶底鞋,从卧室而"书房"而佛堂出来。恰当他背后走近来的轻微的足音,在纶年还以为是走来走去的汝华或锦云的;对面毕志岚抬头用眼睛一招呼,他还以为是对锦云或汝华吧——未匀的一只手已经伸到桌子上来拿一只空茶杯了!

"举头见明月"似的,纶年这才顺窗口的光线看去,仔细端详了一下她的脸,衬了背后神座处森森的阴黑,宛如秋宵的朗月。可庆两年的时光和最近三个月的重病只让她的下颔比以前更尖了一点,却还圆过纶年早先想象的轮廓。淡淡的双眉还是微敛,却锁不住眼珠上两点光的栩栩——她还高兴!而春风当真就拂过了全脸。

"你也抽起烟来了,"她说,自然是对纶年,孩子气的微噘起嘴来收住微笑,"我知道你是想装老成,可不是?"

一说倒真像道着了;纶年却还微笑着随意搪塞:"不,是想要一点烟子,我太呆板了。"

"你不喜欢香烟缭绕吗?"

"可是出门不好带香炉。"

"倒是这里的房子太板了,方方正正,也没有好香炉。你看这里神座前面也只有房东老太太每早晚敬两炷土香。连我那个佛堂里也如此。"

"唔，林小姐，"纶年倒是注意旁边还有毕志岚，重又用客气的口吻说，"你不能让我进去朝拜一下你的佛堂吗？"

"那是我的客厅，"未匀撒娇说，"对，你来里边坐也好。"

她就拿起了茶壶和茶杯为首先走了。

毕陪他们进佛堂和未匀的"书房"观看了一下，就不说什么，也不着痕迹的退了出去，当纶年伸着手臂比一排曲屏风的时候。他就真仿佛被屏风隔去了，而纶年和未匀就被剩下了相对于观音大士前。他们两个就分在窄窄的一条木板架起的矮条几两边的蒲团上坐下。未匀打起了刚才出来一直挟着的毛线衣。纶年还是放不下屏风。

"你刚才说这里的房子方方正正，"他说，"中国一般的房子都本来已经建筑得这样了，再加以传统的对称布置，就惟有救之以'曲曲屏山'。"

"'夜凉独自甚情绪！'"未匀欣然接以姜白石的一句词。

"或者'谢娘无限心曲——'"

"'晓屏山断续'，对吗？"未匀抢替他接了下来。

"我们倒像联句了",纶年也笑了。

"其实还可以有曲栏引出去",未匀又提出了一件。

"还有曲径、曲假山、曲桥、曲墙……"

"可不是,这里连园子都没有,"未匀轻轻的感叹了,"现在实在也讲究不了什么。能租到这家的正厅楼上这包罗许多间的房子已经是好运气了,虽然这里你看也只适于我修道。"

"我甘愿一世在这里观音菩萨前面帮你上香点烛",纶年开玩笑说。他实在倒有点要安于被黏住在这里。而且他真是要感激涕零,如不怕人家笑话,早已在不知从哪儿来的一股宗教热情中跪拜在那里了;未匀毕竟原谅了他,不虚他两年来忧患中的历程;原来他如今倒把它当作一种赎罪的行径了。"我并非来自天堂,是来自土洞。"

"噢,我记起来了,"未匀禁不住眉飞色舞,"我的三姑母从上海写信来告诉了我一件有趣的事情。她托人到苏州看看没有人住的家里的情形。那位先生也顺便到我们家里去看看的时候,你猜怎么样?"

"房子并没有炸掉,却住了别家人?"

"不,房子里是给人家搬得空空的,后边那个大园子(你记得吗？）却长了一园麦子。"

"给人家改成了麦田？"

"是日本兵在那里养马的痕迹！邻近搬来了一家穷人还正在那里收麦子呢！"

纶年若有所得，俨然这一收就是他的收获，由未匀亲手交给了他。可是未匀自己却又要走了，虽然她接着说的只是三姑母问起她要不要到上海去看看，虽然她还接着说她并不想去。

"走动一下也好"，纶年说，却也不是出于矫饰，也就因此，接下去不由不替她打算说，"还是等一下看，现在安南形势紧张，滇越铁路随时会断，香港不保险，从那里去上海的航空线也会成问题。"

"对了，免得隔在路上，或者隔在上海。"

当然不是指远远的与纶年隔绝，他明白，而是与一种无形的大东西或者只是一个大名字。未匀也说不出为什么一定要这一个牵系。于是两对愁眼相望中没来由的一片烟波益发苍茫了。

"我好像听见了蝉鸣"，纶年在寂静中似有了发现。

"怕是你自己的耳鸣吧，"未匀笑了，"这里从来没有鸣蝉。我倒闻到了一阵桂花香。"

"真的，我从大门口进来就看见了外边院子里开了一株桂花。这里桂花开得真早，跟荷花一齐开。现在四川那边还大家在扇风呢。"

"这里像从没有夏天，"未匀笑着埋怨他，"你一扇就起了西风。"

"我还是愿意在白日中天的午荫里立一会儿"，纶年自觉像背诵文章里的一个句子，不掩饰没来由的一种焦急。

"我给你摇落一片叶子"，未匀却还能够笑。

"那就'无边落木萧萧下'了。"

于是未匀就首先问起了在汉口分手的廖虚舟。他的家乡早已在两年前成了沦陷区，叫纶年和未匀都认为极难处的境地。他自然是隐居，他们两个推测；可是他忘得了给他们两个"宣传"过诸葛亮吗？他会做和尚吗？纶年不信：他是那么近人情，据未匀两年前告诉他说，他奔父丧还不忘给孩子买玩具。他们当然都不举另一个例子：他帮着，而且最发生了效果的，给纶年和未匀牵线。未匀却扬言要跟他学禅，纶年就开玩笑说大家跟他一起学。可是他究竟怎样了，谁也没有得到过他的消息。

"见首不见尾，一去无消息，"纶年强为解嘲说，"正是他的神处,飘逸处。"

未匀却不惜暴露弱点,泪汪汪的反驳说:

"如果他的家乡不沦陷,他不见得会那么一去无消息!你才说得不近人情。"

这个责备纪年受得颇为欣然,因为正合他意,可是未匀的伤心的样子却也勾起了他的无限歉疚,不得不表白:

"可惜我到前方去,到敌人后方去,却没有去得远,没有去得了他的家乡。"

"你不可以写信给他吗?"

这在纪年真是罪无可恕:他为什么一直不写信给他呢?不,他是想过的,尤其是在成都同未匀一块儿去玩了望江楼以后,可是只一搁就仿佛无法写了。

"可是你为什么不写呢?他那封影子信是写给我的,可是交给你带的,应当你复他,交给我带去,花样才好看。"

纪年是脱口而出,简直是来了一次无理的撒赖,说了才觉得自己太唐突,生怕未匀为了这句话的含义而生气了。可是未匀不但不生气,而且一下子站起来,简直是跳起来说:

"只是你无法带给他罢了,我倒复了他一封没有影子信!"

这封信实在是写给谁呢？寄给虚空吗？寄给一个无形的空名字吗？寄给负担这个大名字的山河吗？正就可以算寄给廖虚舟了，因为纶年正跟她在一起，而廖虚舟，值得人感激，值得人怀念的廖虚舟，却隔在远远的——因为这封所谓信就是她前天画的那小条山水。

未匀跑进"书房"去把她的"秋江图"拿出来，由纶年展开了张着，两个人并肩看去，前面就是一片水。水只是空白而已。这十分简单，右下方三株杨柳，左上方一座秀峰。柳顶与峰根线条交叉，若即而隔了水，有如记忆里的两幕情景若即而隔了时光——三天两天甚或三年五年。柳向左垂，峰向右回，似相背实相向，势成一Ｓ字。柳前掩映着上下两撇苇洲，相向而伸出尖端；峰外拱抱着上下两抹眉山，亦各相向而伸出尖端：两俱相对而相差池。江流就在这些空白里曲折，若断而贯串全画。上一湾空白与下一湾空白似相隔而实以水相通，远近呼应。峰柳似隔以水，实亦连以水。由柳而峰势向上举，江水却势向下注，一去一来，沿柳沿峰看去，令人想起"燕雁无心，太湖西畔随云去"，而层层叠叠中自远而近却是"不尽长江滚滚来"。

"我们的观点应该着在哪里？"纶年问了，实在只是感叹而已,"在弱柳,在孤峰?孤峰又不是弱柳的背景,弱柳又不是孤峰的前景,怎么合透视呢?中国画真怪!"

"中国画视线不集中,就让它移来移去的流动。眼珠是活的,为什么一定要呆呆的钉在一点上!"

未匀知道他是说来玩的,却还是脱口作了这个多余的辩解。

"可是全画在不对称中,"纶年又像挑剔了,"我却看来处处都对称。"

于是他把他所看到的对称处一一指出了。

"啊!"未匀可着急了,"你这样一说,这幅画对称得多么可怕,简直是一幅图案画了,或者就是西洋书里章首第一个字母的装饰画了!"

她的确没有这样存心的构图。她自以为在山水画里别出了心裁,却在图案画里落了传统的老套,她使峰柳在偏斜中隔江伸欠,却形成了S字或丹凤朝阳式。

"可是没有你这种流动的对称来牵一下,"纶年安慰她也像安慰自己,"你的峰柳都要飞去了,因为你这是与图案画完全相反的南派山水,配得上这些形容词:飘逸、潇洒、空灵……"

笔法也都合传统,可是笔触处处叫纶年认得出未匀,令他想起她的字迹；写在信封上从送信人手里的许多信里一露出来就叫他心跳了。他简直可以开玩笑说那些尖子就都是未匀的指尖和鞋尖。自然总不脱闺秀气，可是闺秀气却是透露在力求遒劲的挥舞中，在落落大方中，在抹杀男女的界限中。纶年的高兴自非同小可。可是他全不问这幅小画是否一件难得的好作品。他在乎它十足表现了未匀的个性。

可是沉浸到画境里，纶年却不由不如梦初醒似的作为开玩笑而感叹了：

"不但没有影子，竟也没有一个人！"

未匀只是笑而不答。

"怕峰柳都不是主体而是这两湾空白了？"

未匀还是笑而不答。

"'林无静树，川无停流'，可以拿来题画。"

"不大恰切。"

"可是有两个'无'字。"

未匀被他的胡诌引得笑不可支，纶年却忽有所忆而认真的又接以怪论：

"你倒真是和空白合一了，而不是包围了空白或者被包围于空白：人不在山水里，也不在山水外，人和山水合一。"

未匀躲到画背后去，笑着说：

"我这样才能算和山水合一吧，你只见了山水，再也不见了人？"

"山水就对我讲话了。"

话虽然这样说得好玩，纶年却不胜寂寞，揭下了画幕。他见未匀趁势在矮条几旁边的蒲团上坐下了，自己也回到对面的蒲团上坐下，把画正好铺在条几上。于是人又在望，虽然山水横在中间，正好令纶年又感到咫尺天涯。于是他谈起了中西画史上山水画的兴起都后于人物画。提起了西欧有人说的"世界的山水画"，让人在世界上有如在山水画里只成为"物"，他就感叹自己的修养功夫还不够。尽管他从主张"唯物论"的地方回来，他在那里恰好倒重新发现了人，也许不只社会学的，而且是生物学的人。

"中国的山水画不也可以这样说吗，"未匀却仿佛替他辩护，"借托自然而超出自然？"

"所以山水还是用来表现人，尽管不着痕迹。中国人自古以来最习惯于用自然美来形容人格美。有人说中国的美学也发凡于人物的品藻。"

可是女人呢？纶年自己马上问了。人物的品藻中往往没有女人的地位。女人都是被当作"物"了。美人与芳草并列，且常托之以忠君爱国之思，直到现代的解放。可是事实上即使到今日妇女可曾有了真正的解放？随即想到另一方面，他却接下去说了：

"可是人却是被忘记了。西洋在山水画发生以前早就由希腊人把人体研究得很好。中国过去画人大都画得不近人情，不如画衣服。一般旧小说也都不会直接用三笔两笔描写一个人的外观，因此看了，面貌不见面貌，只见风花雪月；人也不见人，只见堆砌在一起的衣服，有如中国旧式的繁文缛礼。"

"中国的衣服，尤其是唐代的，"未匀说，一欠身仿佛就在摆脱什么似的，"也太笨重，颜色富丽堂皇，总也太浓重。"

"西洋艺术里的阴影从西域的戈壁里伸了过来，曾经在中国画上出现过，却一直没有站得住。晕色法一直不曾行得通，不知道在唐代化妆艺术上行通了没有。现代女子自然都会深浅合度的匀粉配脂了。"

最后这句话起因于纶年刚看了一眼未匀的脸。未匀对这番话却不尽同意：

"你总是要扯上外国罢了。中国诗词里除了以风度见长，不是也就长于运用晕色法，运用所谓 nuance 吗？"

"那是不错，可是——"

未匀却尽自接下去：

"还有舞里，舞姿也有阴影。"

"对了，对了，"纶年十分高兴的替她举例说明，"譬如昆剧'游园'里作为主角的小姐就有作为配角的丫鬟在台上一举一动都加以陪衬；流动中小姐的含蕴以丫鬟的铺张来引申，比起衣服来就像配了裾袂和飘带。"

"不知道舞最盛时代的唐朝又怎样。"

未匀素不好问，这一句话也实在似问非问，问了，纶年也不见得能确实回答，因为他只是说：

"唐朝和西域的往来也最频繁。"

"嘿，"未匀笑了，"你果然又怀疑和西方的瓜葛了！"

"不过，"纶年却另有所说，"从繁重的衣服里解放出来，倒可以让我说，还得归功于受过希腊艺术影响的印度佛教艺术的传来。中国尽管有'曹衣出水，吴带当风'，还是衣服。说来好玩,主张'色即是空'的佛教传来了,却正给了中国人以人体,或者至少像印度笈多式雕塑传来了教中国雕像从衣纹里透出了肉体,透出了风姿。"

由实在的"肉体"到抽象的"风姿",跳得多快!纶年自己脱口说出了就吃了一惊。好在未匀却不但不以为意,反颇能赏识,虽然从另一方面接下去说了:

"我们的词藻堆砌的戏曲,我看从元朝以来,也实在一直以歌舞为生命吧?"

"歌调舞态实在都是'姿'。"

"那么这种山水画,"未匀因为眼睛一转下忽然让视线又落到了面前条几上的画面,也就学纶年信口开河一下,"既没有彩色,又没有影子,也就全靠'姿'了?"

话是想放出去,事实上却不料正是收回来,和纶年的接了头。纶年也就一下子显出他研究交通史的本色,想起了这幅山水尽可以架桥驶船啊,于是就问未匀说,这里紧靠左下角不可以接出半段小桥,引向画外的一片沙岸,而右上角,远山外,不可以着两点远帆来自画顶的天际吗?

"行是行的,"未匀微笑着回答,自己也不知道是否故意刁难,"只是架了旧式的木桥,航了旧式的帆船,因为它们是人的痕迹也就牵涉了时代问题,我这幅画不就更落伍了?"

"西方现代评论家也大有人说过诗里用古题材倒表现了现代精神。你这里有解放的时代精神。"

"这样讲起来,我这幅倒更不行了,你刚才说的'飘逸','潇洒'什么的,也会合时代吗?"

"这应该说是传统精神,我们也不该背弃优良的传统。"

"可是我总觉得画不上现在实有的轮船和铁桥。"

"这是现实与艺术的差池,"纶年给未匀也是给自己解释,因为这些话都像是十分现成又像全是出于未匀的启迪,"差池了才进行。两者互相推移,互相超越,合一的刹那就是全盛时代。艺术给予现实的影响是看不见的,因为只是一股势,影响的结果也就淹没在无形的或者待表现的事实里,现实给予艺术的影响是看得见的,因为艺术正是用以表现事实,fait accompli,是痕迹,是影子。也就因此艺术总显得落在现实的后边。尤其在讲究笔法的中国画里,画轮船,画铁桥,需要新的笔法。可是等到新的笔法,新的规律成熟了,成立了,也许时代又过去了。我们现在正处在过渡期中,也自由,也无所依傍,所以大家解放了,又回过头来追求了传统。一个民族在世界上的存在价值也就是自己的传统。我们的传统自然不就是画上的这些笔法,也许就是'姿'。人会死,不死的是'姿'。庞德'译'中国旧诗有时候能得其神也许就在得其'姿'。纯姿也许反容易超出国界。"

纶年就是这样,没有话说起来就一句也说不出,说起了头,就往往愈说愈多,愈说愈严重,对于自己怕也只弄得益发无以摆脱,叫未匀实在感觉到一点无助的忧郁。她就微敛了眉头说:

"我觉得我的山水上却不是没有时间。你说'林无静树,川无停流',那就有时间了。"

"这样的山水画也近于西洋称为纯艺术的音乐,时间的艺术,正如中国的书法。"

纶年真是跑野马。虚虚实实瞎扯得快。可是他马上又自觉好像落实了:

"话又说回来,艺术上总有一种趋势:先把生命寄托或赋予形式,后来又不在乎内容,不在乎意思,变成了内容即形式,例如音乐,高级的就不用以描摩风声、雨声;我们的书法,我要说内容即'姿'。可是写字上也最容易认得出人。那么,要写好字,还得先修养好人;不然'姿'就没有生命了。"

"我进一步也许只写字,"未匀就给他一个威胁,"叫你感叹不但没有人,连山水也没有了,自然更没有什么着痕迹的船啊桥啊……"

"只要有生命还是表现得出活生生的人!"

纫年笑了。岂但不怕,他再看到画中的山水,简直是动了灵机,急转直下说:

"就当我们的流动的视点,这上面不能画一只雁吗?不用船也不用桥。雁儿会飞,全部可通。雁在我们的传统里又是通消息的象征。"

"这倒是给我点睛了",未匀开玩笑,可是私下却不能不高兴。

"点睛?好,索性画两只:上一湾空白里画一只在飞,下一湾里画一只在水上息!"

他们简直像下棋,而结局是大家都胜了。

"可是我还是学西洋雕像,"未匀还是说,"留眼不点睛,不以痕迹,而以'姿'见睛。反正看的人自己有眼睛。若照你说起来,还不如画一群雁才好呢,那就明明白白的给你写一个'人'字!"

她笑得跳起来了，扔下了手里的毛线物。仿佛与之呼应，屋顶上有松鼠呱呱呱的一阵叫。大家静下来一听，从没有天花板的瓦片底下传来了两只小动物在瓦上一圈轻捷的奔跑声，随即从瓦棱里骨落落的溜下来，到屋檐前掉下，该是外边小孩子扔的小石头或是一颗小松果。

"我特别喜欢雁字，"纶年倒不是撒赖，"也许因为我才来自边塞。"

"好，"未匀想起了自己当天想做的工作，立即提议，"我给你表现一段'出塞'好不好？"

那还有什么不好的！纶年是喜出望外了。在未匀却自以为不过现成的给他翻一个案：从他先头说中国以一切衬托，甚至以山水，表坝人物的理论而想起她一年半以前演"寻梦"所感到的一点——以人表现山水以至一切，现在无非做一个榜样给他看而已。

"我一向偶尔在台上表演过的，"未匀说，翻着她找出来的一些材料，"总不脱'游园惊梦'我们南边玩票人惯会演的几出。香闺、后花园的，腻透了。现在我正预备继续我以前的研究，来一点边塞。"

"你说得妙,不是'出塞'而是'来一点边塞',"纶年曲解了她这句随便说的话却还是合拍,"山水托人,连马也托人,也系于人姿。"

未匀明白他是指"出塞"前头照例有一个小丑起马夫,完全用手势步态作为备马,而凭空在人家的想象里描出一匹马。纶年也熟悉,因为他在北平的时候也常去看那个仅余的昆曲班子演"出塞"。于是未匀说:

"这句戏我们一直演不出去,也就是没有人能演马夫,那要经过北昆戏班子严格的训练。我现在只是试一下昭君的身段。"

昭君的故事本来就动人。长城和全汉家天下的兵将挡不了匈奴,却叫一个弱女子去挡,去"和番",实用主义的朝廷还以为得计,采取一贯的哄骗外番的办法,想随便献一个女子算宫女,算是皇上的妃子,却不料由于欺上压下的小人在底下混乱黑白,颠倒是非,把美人画作丑人而结果献去了一个最美的女子。朝廷的腐败益发衬托出了昭君的气节,不理画师的敲诈,又如在"出塞"戏里痛骂"满朝文武都无用"。结果重要的倒像不是她牺牲了一己,挡住了番兵,而像是汉家的精神全靠她长存的英气而救活了——死了还让人传说她"独留青冢向黄昏"。

"'春随人远'，"纶年感叹说，"却多亏昭君给沙漠带来了青草，不过就靠'别泪涟涟'才浇得活吧？"

"你连昭君唱的第一句词还记得！"

"我只记得这一句。以下全忘了，你正好先给我唱一唱。"

"这第一段我偏不唱，你又不会吹笛子。"

"你也没有配角，那也就不要舞给我看了。"

未匀不回答，却还是曼声唱了。

她把曲谱摊在矮条几头上，让对面的纶年斜过来可以看词，自己也不时斜过来看一看谱。她坐着低声的唱得很随便，只像传统的展卷低吟。可是这早就使纶年想见昭君披了一个出门用的大红斗篷，款步登场，与送行的满朝文武作别，那一个堂皇，庄严而凄凉的场面与情调。未匀最不喜欢临别作儿女态，而在这样的场合，却觉得大可以堂堂正正的洒几滴眼泪，而她也就觉得泪水颇有些涌到眼眶里了——太没来由了！她不唱了，纶年要她唱下去也不行。实在也弄得她怪不好意思，窗外平房的屋檐上有一对鸽子在捣乱呢，一只对着另一只尽在那里咕咕的媚叫！

"你还是看这段悲恻的行旅吧"，未匀说，立即起来跃跃欲试。

可是她立刻遇到了一个困难的问题：没有穿戏装。长袖随风，宽裙曳地，才可以作婀娜的回旋啊。

"你就算我是比老戏迷还有训练的观众，"纶年给她解脱说，"这里不但没有背景也不在乎，而且也不在乎没有一幅鲜明的衬幕，没有一个乐队，你是一个比清唱还要清的'清演'，自然也不必去麻烦，翻箱倒箧的找戏装。就让它也留给我们的想象得了。"

可是旗袍虽然照目前风气也改成宽一点而短一点了，虽然还是在小步子的舞里，却还是碍腿，而暗暗把最下的一个扣子解开了，则腿又露得太多了一点，叫未匀更窘，结果只得作为开玩笑而既像非常可怜的哀求，又像十分严肃的告诫纶年说：

"你得放出行家的修养，得'视若无睹'！"

"你放心，你放心，我算戏院里的观众，你算塞上的昭君，风马牛不相及。"

于是纶年自己像退远了，而佛堂的宽廊就在未匀的舞姿下顿成了塞内塞外。

挺身而出，不拒绝为没有出息的国家尽屈辱使命的坚决，横受委屈的激愤，离乡别井的哀伤，前途茫茫的忧愁，即不用像一条长飘带上下左右绕身四旋似的轻歌，即不用环佩相碰似的插白，也就全然看得出这个本来娇养在深闺里的美女子断送给荒凉、粗犷的沙漠去，一路受尽关山上的辛苦中的一蹙眉、一挥手、一侧身、一移步了。可是这是戏啊，看，什么都提炼成了美的姿式了，哪怕是一次堕马！

这一种舞不再像南昆"游园惊梦"一类的只是甜软，而在画柳、画兰的娆娆中又出之以画竹、画芦苇的秀挺。这里虽还保留着贵妇人稳重的身份，虽然还移着弱女子娇怯的小步子，也许由于暗示，却令人觉得步子跨得很大，什么都舒展得很开。

"可是我看得见，"纶年插嘴，自以为像给不懂的观众解释，不曾意识到也像成了戏里的插白，"你前边一个牵马的马夫，后边一个背琵琶的黄门。"

前后这两个丑角自然在台上也就随时又变成了分立在左右。黄门在崎岖的道路上照规矩常常在背后提起一只脚，往前面伸开了两臂，平衡成一个"三脚蛤蟆"的样子，而用一只脚跳着走。马夫则常常用两只手走路而倒竖起两条腿。他们就随着昭君团团转，以各式的转法，一圈又一圈。作为轴心的昭君算是在前失后失的马上颠簸，翻侧，自己也团团转，一圈又一圈。

昭君向右边身子一侧，纡年也就猜说：

"黄门换一条腿走了，翻了一个身。"

他像看得见那个丑角的翻身像一角伸出去的裙裾的一翻侧。

昭君向左边手一伸，纡年又猜说：

"马夫翻了一个筋斗！"

那个筋斗也就是一条引伸出去的长流苏的一卷舒，有如葡萄藤的一条卷须。

现在步子转骤转急了。在台上黄门应该暂时退了场，像辇轮上摔出去的泥土，只剩了马夫担当起了原先是两个人的职司。他一个人加速的奔跑全场，用脚用手，以掩护前后左右。而一切以昭君为轴心。

可是纡年也忘记了再偶然插一句了。他就只见了昭君；昭君也不是昭君了，只是未匀。这些调子，这些姿式，一下子变得当真全系于未匀，全因未匀而感动人，仿佛全表现未匀的身世，未匀的历尽一件件看不见的磨难。未匀的堕马直叫他心惊而要伸过手臂去搀了。他没有搀，可是他作了搀扶的姿式。

未匀实在也翻身得很猛，全不怕真摔倒。如在台上摔倒了多叫人笑话,也就是为的不是在台上——虽然她总不承认因为纶年当心在身边。

纶年原是在外圈不时的转着看未匀的各方面,现在倒是不知不觉的站在中间看她在四面转了,像一根柱子缠了凌霄花。

于是"马到分关"了,"马不能前",因为它不忍去国,岂人不如马,反不近人情吗?昭君翻过身来最后再望一次祖国,充满了爱也充满了恨。演戏,看戏,到这里又该被内容打动,不自知所感者是悲是喜了。

"现在胡人来了,"最后未匀含笑说,收住了一切动作,"交给你了。底下怕是你的交通史上的事情了。"

"边远地方也未尝不会成交通要道,"纶年回答,"像这边的滇缅公路。而且就是你的笛子最初还不是从外国传来吗?"

"今天没有用笛子。笛子总凄清,适于在墙外听,在远处听,也许就因为从边塞地方来吧?"

未匀累了,向原坐的蒲团上坐下去,侧身就倚伏在还摊在矮条几上的画边上。在纶年又江湖满眼了;但悲中亦喜,巴不得跟未匀一块儿向前面观音大士跪一下,因为山川隔人,联起人来的亦是山川。

"你给我把画卷起来吧,"未匀要求他,把画推前去,"这倒像是我的影子了。"

时候不早了,纪年提出了要回刘家去的意思。

"唔,你还是住他们那边好,"未匀说,"这边没有空铺,除非点一些蚊香,就睡在这条长几上。"

"那倒是好玩,"纪年不加思索的回答了,"那边是你的卧室。我躺在外边江湖所在的这里给你守梦!"

毕汝华却正好简直是一步三跳的跑来了,手里拿着一只有盖的大漱口盅。她笑着报告未匀说刚才跟杨嫂去小河边清衣服,偶然盛起了一只非常矫捷,平时不容易捞到的水蜘蛛。她揭开盖子给大家看了。却有两只在半盅的水面上跳着,没有平常那样自在的挑起一圈一圈的细水纹。

"倒不像'凌波微步'",纪年开玩笑说。

未匀笑了。汝华却惊讶着还坚持给自己辩解:"我捞的时候实在只看见一只。"

未匀可生气了,对她说:

"你是一位大小姐了,还怎么是一个傻丫头,赶快去放了!"

汝华很狼狈的跑了,想跑得更快,又怕盅子里水会泼出来,乃益发狼狈。

未匀实在是笑在"凌波微步"上。她想起有一天跟汝华一起从昆明下乡。在车站上，汝华算定一个男孩子（纶年也认识的）要来送她，就一定要把脚上旅行穿的胶鞋，改穿手提箱里的高跟鞋，她很喜欢那个男孩子。未匀都给纶年讲了，除了那个男孩子的名字。

毕志岚也就从外边来招他们去吃"仙桃"。

"仙桃"原来就是仙人掌的果子。

未匀原是想休息，义给仙人掌引起了带纶年出去看看的兴致。于是他们两个以外，再加上汝华和锦云，四个人穿出高高像树，簇簇如林的仙人掌中间的一段段小路而到了屋子后边的浅山坡上。

外边，除了仙人掌，却再没有什么特别使纶年惊奇的东西。可是他非常感激这一带远远近近的林木。而从云块里透出来的夕阳光照得什么都很柔和，树更鲜绿，尤其是未匀的那件茄灰色的旗袍，它显得妍丽而端庄。路边一匹马在吃草，不预备踢人。纶年却还是想起了峨眉山下有一次路边一头水牛，看见了不大见惯的外边来的一个女学生穿一件枣红色的短大衣，就直瞪圆眼睛,预备扑斗。未匀自己有过的经验是初来这里有一次,穿了一件皮大衣从村巷里走过的时候,就只见鸡叫着向墙头飞。

头上不时在飞的有三三两两的白鹭。

"这里附近有一个白鹭林",未匀告诉了纶年。

"在哪儿?"纶年问了。

"在这些白鹭飞去的方向,"未匀回答,"再上去一点你自己就可以发现。那边许多绿树是梨树林,春天开得一片白。"

转过高粱田却是一片青。好一片平平的草坡,纶年又赞叹不置,未匀却叹诉说:

"这里草到阳历四五月才青,桃花却在阴历新年前后就开了。过去几里路连连绵绵都是桃园,开得一大片红,底下却是一片黄土,怪寂寞。"

"没有青草就想不到天涯吗?"纶年不像是问她,随即确实的问了她:"也没有杨柳?"

未匀却故意顾左右而言他,提议大家坐下来看看。

锦云指点纶年看邻村一排高柏树上的一些白点子说就是白鹭林。纶年漫应着,他早就发现,而此刻已经把视线,从西边远处灰雾似的西山而猫眼石色的滇池而尚未成熟,尚未转黄的稻田，而邻近的树顶，屋顶，而坡下本村的树顶，屋顶，而收到就在底下未匀他们的住处，那是方方正正的嵌在坡脚上。

"梅先生刚到我们那里，"汝华含笑对未匀说，"要我们坐下照旧吃饭，伸出两臂来，就像要把一圆桌人都抱住了，现在看他抱得起抱不起这一堆山水？"

"倒是这一只匣子，"纪年听见了，开玩笑回答，指指他们住的房子，"远看了小得可怜，好像装得进我的口袋。"

那是装什么的匣子呢？纪年自己想，装哀愁的匣子吗？因为他看见未匀敛着眉头，凝看远处。顺着她的目光看去：西边好一片金灿的晚霞！中国只昆明独有那么些鲜明的，瑰艳的晚霞，如现在这边那边许多个莫可名状的粉红、绛紫、蓝灰等等的安排，配合，而在太阳衔山的上方这一片层层叠叠里幻成种种色度，底下托了转成银色的湖水，黛蓝色的西山，上边衬了浅橙色的天空，却是如此堂皇而明净，全然是一个不可及的境界。

"这一幅云画的山水也表现人吗？"未匀挖苦纪年说。

纪年一时答不上来，只是说：

"那里也有岛山，有海港，有沙洲……"

可是后边一棵高柏树上忽然索索的响了：风！

"我们回去罢，"纪年说，"看太阳都不知道在什么时候下去了。"

大家立起来准备走，回过头来：东边几朵云变成了乳白色而浮在蓝灰色里，玉一样润的深深浅浅。

"噢，真凉！"未匀不由得说出了。

纪年听了，一时不知道怎么好，悔没有预先给她带一件外边穿的毛衣什么的，走了一忽儿，先不敢而终于别扭的把自己的上衣脱下来要给她披。

"不要，不要"，未匀一笑一摇手，拉了汝华向前面跑起来了。

锦云也追上去。剩纪年一个，只得跨大了步子走去。不一会就到了住处的大门口，他们正碰见逸群从里边找了又出来，想到坡上去找纪年回去吃晚饭。前头三个女子一边笑一边直冲进大门去。纪年就招呼了一句"明天见"，对着已经吞没了她们的空门。

1942 年 8 月 18—27 日